能因

Nouin

高重久美

コレクション日本歌人選045
Collected Works of Japanese Poets

笠間書院

『能因』

目次

凡例

一、本書には、平安時代の歌人能因の歌を三十一首と贈答相手大江嘉言《よしとき》の歌一首を載せた。

一、本書は、能因の和歌をその人生の歩みに跡づけることを特色とする。そのため、能因ゆかりの人物に重点をおき、歌一首を充て見だし項目を立てた。奥州の旅についても同様である。

一、本書は、次の項目からなる。「作品本文」「出典」「口語訳」「鑑賞」「脚注」「略伝」「略年譜」「筆者解説」「読書案内」「付録エッセイ」。なお、「作品本文」の後に、人物や歌枕等の見だし項目がある。

一、家集『能因集』の本文は、冷泉家時雨亭叢書『平安私家集十一』所収の、本来の面影を伝える鎌倉時代弘安八年（一二八五）写玄覚本「能因集」に拠った。歌番号とその他の和歌本文は、主として『新編国歌大観』に拠り、適宜漢字をあてて読みやすくした。

一、参考とする能因著『能因歌枕』は、川村晃生・能因歌枕研究会編『校本「能因歌枕」』（『三田國文』第五号1986-6）に拠り、『日本歌学大系第一巻』本を参照した。歌語を列挙して簡単な注釈・異名・詠法を示した部分については略本を基本とし、広本に拠る場合はそう記した。歌枕については広本の「国々の所々名」を掲げた。

一、鑑賞については、本書の主旨に基づき、多く四ページをあてて解説した。

能因

01

別《わか》るれど安積《あさか》の沼の駒《こま》なれば面影《おもかげ》にこそ離れざりけれ

［安積沼の駒］

【出典】能因集・下・二一〇

馬とは死に別れてしまったけれど、影（姿）が見えるというあの安積沼の馬なので、その面影がいつまでも私のまぶたから離れないでいることよ。

能因を特色づけるのは、心通わせた知友《ちゆう》（動物を含めて）との交遊と奥州の旅である。この歌は、その第一に数えることができる。陸奥《みちのく》（東北）生まれの馬を彼は飼っていた。長暦《ちようりやく》四年（一〇四〇）能因四十三歳の春、伊予《いよ》の国（愛媛県）に下る時にも一緒に連れて行った。ところが、その馬が病で死んでしまった。この歌の詞書《ことばがき》に見るように、寿命を全うしての死ではなかった。愛するものとの時ならぬ別れほど深い悲しみはない。

【詞書】陸奥国より上《のぼ》りたる馬のわづらひて、この国にて死ぬるを見て。

【語釈】○安積の沼―現福島県郡山《こおりやま》市の安積山のふもとにあったとされる沼。歌枕として有名。○面影―記憶の中にある姿・容貌。万葉

ここに「安積《あさか》の沼」というのは、愛馬の生まれ故郷にちなむ陸奥の国の名所。「*陸奥《みちのく》の安積の沼の花かつみ（序詞）かつ見る人に恋ひやわたらむ」など、「あさか」という名を持ちながら、思いのほかに底が深いものとして和歌に詠まれることが多い。古く『*万葉集』では、あなたを思う心のほどは浅いものではありませんよ、と、その呼称《こしょう》の浅さにもかかわらず、底の深さを歌意に響かせる。古今集以下の「安積の沼」は、万葉の「安積山影（山容《さんよう》）さへ見ゆる山の井」を、その深さゆえに「沼」と言い做《な》したもので、能因は、そうした気脈《きみゃく》を踏まえて、亡くした愛馬への追懐《ついかい》の深さを表現しようとした。

　この馬は、万寿《まんじゅ》二年（一〇二五）の陸奥下向《げこう》後、能因が*歌人相模《さがみ》の叔父慶滋《よししげの》為政《ためまさ》に贈った「君がためなつけし駒ぞ陸奥の安積の沼に荒れて見えしを」と詠まれた馬であろう。恐らく為政が長元《ちょうげん》五年（一〇三二）三月二十七日以前に没して以降、能因が引き取ったものであろう。下句《しものく》「面影《おもかげ》にこそ離れざりけれ」は、死んでしまったけれども今もありありと面影が目の前から去ることはないと詠んで、馬に対する深い愛情を窺《うかが》わせて我々の胸を打つ。このように詠むのも、長和《ちょうわ》二年（一〇一三）二十六歳の出家の頃より、能因が*馬と深い関わりを持っていたからで、特に最初に陸奥から連れてきたこの馬は、旅をす

歌（本文及び後掲脚注中）の「影さへ見ゆる」を踏まえながら、亡くした愛馬の毛色「鹿毛《かげ》」（褐色に黒を含む）を掛ける。

*陸奥の安積の沼の花かつみ―序詞。古今集・恋歌四・六七七・読人しらず。歌学書『綺語抄』は下句を「かつ見る人の恋ひしきやなぞ」として能因の歌とする。

*万葉集―「安積山影さへ見ゆる山の井の（序詞）浅き心を吾が思はなくに」巻十六・三八〇七。

*歌人相模―正暦三年（九九三）頃―康平四年（一〇六一）頃。中古三十六歌仙の一人。母は慶滋保章《やすあきらのむすめ》女、後源《みなもとの》頼光《よりみつ》の妻。大江公資《きんより》と離別後、一品宮脩子内親王に仕えた。家集『相模集』を残す。

*馬と深い関わり―馬の歌の

る能因と行《こう》を共にして、人生を生きてゆく同志といった面もあったのだろう。「津の国へ行くとて」と詞書する「*蘆《あし》の屋《や》の昆陽《こや》のわたりに日は暮れぬいづち行くらん駒に任《まか》せて」という歌からもそれが判《わか》る。

『能因集』には他にも陸奥の馬を詠んだ歌がある。中でも心に残るのは、「陸奥国《みちのくに》に、語らふ人亡くなりにけりと聞きて、行きて見れば、荒れたる家に荒き馬をつなぎたり」と詞書のある「*取りつなぐ駒とも人を見てしかなつひにはあれじと思ふばかりに」という歌である。「荒き馬」とは、可愛がってくれた主人がいなくなって、当惑をそんな仕草《しぐさ》でしか表せぬ馬。親しく付き合っていた故人を偲《しの》ぶためにわざわざ東北の荒れた家にまで出向き、目の当たりにした「荒き馬」――、どんなに荒れた仕草をしていても、この馬は、主人がつないだそのままに、ここにいる――、しかし、亡くなった友は、ふたたび逢うことはかなわない。彼がこの馬であれば――。友とのこまやかな交情が、友の死を悲しむ形見の馬に対する、やさしい共感として表出《ひょうしゅつ》された、能因ならではの歌と言うことができよう。

「安積の沼の駒」の歌を含む『能因集』の伊予下り歌群の冒頭三首は、連作として構成されている。

多さから、馬の交易という観点が目崎徳衛氏によって提出された（「能因の伝における二、三の問題」『平安文化史論』昭43桜楓社）。

*蘆の屋の……――能因集・中・一三四。「昆陽《こや》」の本文は仮名書きである。後拾遺集・羈旅・五〇七にも。

*取りつなぐ……――能因集・中・一一七。

長暦四年春、伊予の国に下りて、浜に都鳥《*みやこどり》と
いふ鳥のあるを見て、詠《なが》む
藻塩《もしほ》焼く海人《あま》とや思ふ都鳥名をなつかしみ知る人にせん
こもの花の咲きたるを見て
花かつみ*生《お》ひたる見れば陸奥国《みちのくに》安積の沼の心地こそすれ
陸奥国より上《のぼ》りたる馬のわづらひて、この
国にて死ぬるを見て
別るれど安積の沼の駒なれば面影にこそ離れざりけれ

第一首は、『伊勢物語』第九段「東下り」で知られる「都鳥」を見つけた驚きをうたい、東国のイメージを喚起《かんき》させる。次いで伊予の国に「こもの花」が咲いているのを見て、歌語《かご》「花かつみ」から前掲『古今集』*の「陸奥の安積の沼」を想起して、そうして、ここ伊予において「安積の沼の駒」が死んでしまったという、まさにこの歌への展開をはかっている。

和歌のこころと、ことばの運用と—。その生きてきた人となりと、和歌の修辞《しゅうじ》をめぐる蓄積と思索との見事な顕現《けんげん》として、能因の作品が我々の前にある。

*都鳥—「名にし負はばいざ言問《こと》はむ都鳥わが思ふ人はありやなしやと」08参照。

*花かつみ…—「こもをば、かつみといふ」（『能因歌枕』広本）。

*古今集—延喜五年（九〇五）、醍醐天皇の勅命によって撰集された、最初の勅撰和歌集。二十巻。千百十一首。

02

かくしつゝ暮れぬる秋と老いぬればしかすがになをものぞ悲しき

〔馬との別れ〕

【出典】能因集・下・二四七、新古今和歌集・秋歌下・五四八

こうして秋の暮れ行くように我が人生も暮れ方になったと思うと、老いは世の常であるけれども、さすがにもの悲しく感じられることよ。

本書では、能因の生涯を自撰家集『能因集』*を通して見ていこうと思う。

家集には、「安積《あさか》の沼の駒」のほかに、伊予で詠んだ馬の歌がもう一首ある。鹿毛《かげ》の馬をある人が借りたいと言ってきたので貸したところ、この馬はひどく遅いと文句をいう歌を詠んで寄こしたので、言い送った「何が遅いものですか。「老馬の智」こそ、若いがゆえに闇雲《やみくも》に走っていく馬に勝るものです」という歌。「安積の沼の駒なれば」という歌に比べると淡々《たんたん》とした味わいの

【語釈】○しかすがに―しかすがとはさすがにといふ事也能因歌枕広本。「さすがに」と同じ。そうはいうものの。

*能因集―自撰本と他撰本がある。本書では自撰本のこと。上中下三巻からなり、二百五十六首の歌がおおよ

歌であるが、この馬の歌とすぐ後に続く「かくしつゝ」の歌を詞書を略して並べてみると、彼はこの歌に深い思いをこめていたのではないかと思わせる。

何か遅き老《お》いらくの智《ち》し若ければ*隙《ひま》を過ぎ行く駒にまされり

かくしつゝ暮れぬる秋と老いぬればしかすがになをものぞ悲しき

本来「暮秋に思ふことある頃」と詞書のある右の歌は、初句《しょく》の「かくしつゝ」が具体的にどのようなことを指すのか判らなくても解されるが、「かくしつゝ」は、馬との深い関わりも含めて、能因が伊予の国で生きてきたことを意味していて、ここには馬との別れが暗示されているのではないだろうか。能因五十七歳の長久《ちょうきゅう》五年（一〇四四）秋に詠まれたこの歌は、伊予の国での生活の終焉《しゅうえん》に対する感慨なのではないだろうか。それは馬との深い関わりが無くなることであり、馬と別れることを意味していたのであろう。

『伊勢物語』第四五段に、自分を慕《した》っていた女がいて、女の死後それを聞いた男が、女の家を訪れてその女を追悼《ついとう》する場面がある。そこで男は、

ゆく蛍雲の上まで往《い》ぬべくは秋風吹くと雁《かり》に告げこせ

*暮れがたき夏の日ぐらしながむればそのこととなくものぞ悲しき

そ年代順に配列されている。

*隙を過ぎゆく駒—荘子《そうじ》・知北遊篇に見える「人、天地ノ間ニ生ズルヤ白駒ノ隙《げき》ヲ過グルガ如シ。忽然《こつぜん》タルノミ」による句。月日が過ぎ去ることの速さを言う。

*暮れがたき……—なかなか暮れにくい夏の日の一日物思いに閉ざされて外を眺めていると訳もなくもの悲しさに捉われるという意。またこの歌を本歌としたものに式子内親王の「花は散りその色となくながむればむなしき空に春雨ぞふる」（新古今集・春歌下・一四九）があり、知られているが、能因の歌はこれに先行する。

と詠む。能因の「かくしつゝ」の歌は、男の詠んだ亡き娘を偲《しの》ぶ「ゆく蛍」の後の、自分の気持ちが何とも突き止められぬ虚無感《きょむかん》を漂わせた「暮れがたき」の歌を思い起こさせる。男の詠んだ上句《かみのく》「暮れがたき夏」は能因の「暮れぬる秋」に響き、下句《しものく》は、能因の歌の「しかすがになをものぞ悲しき」と重なっている。能因は『伊勢物語』の歌を踏まえて「かくしつゝ」と詠んだのではないだろうか。そうであればなおさら、馬との別れが暗示されていると見てよいだろう。能因がこの歌にこめた深い思いが伝わってくる。能因は五十七歳という老齢《ろうれい》に達している。恐らく、帰洛《きらく》後は馬との関わりを絶って、これまで築きあげてきた交友関係を基に、歌人としてあるいは僧として生きていこうと決意していたのであろう。それが歌人としては、『玄玄集《げんげんしゅう》』*を撰したことや、寛徳《かんとく》二年（一〇四五）を最終詠《さいしゅうえい》とする自撰家集《じせんかしゅう》『能因集』を編《あ》んだことに体現されている。

能因は、伊予国での歌を、陸奥国から連れてきた愛馬《あいば》が亡くなったことをモチーフとする連作で始め、馬との別れを暗示するこの二首で終えるのであるが、それはまた、『伊勢物語』第九段の「東下り《あずまくだ》」の「都鳥」に呼びかける歌の始まりから、第四五段の「……れば……ものぞ悲しき」という歌の終

＊玄玄集—能因の撰に成る私撰集。貫之の『新撰和歌』が「玄之又玄」三百六十首を撰んだのに倣い、一条天皇の永延（九八七）から後朱雀天皇の寛徳（一〇四四）に至るおよそ六十年間に詠まれた秀歌百六十八首を集めたもの。歌人別に配されている。

わりとつながる流れを想起させ、『伊勢物語』との関連においても、首尾照《しゅびしょう》応《おう》した構成になっている。『能因集』の下巻二〇八から二四七番に至る伊予在国中の歌群は、長暦四年（一〇四〇）の春、伊予に下って間もなく、能因が十余年前に陸奥国から最初に連れ帰った愛馬が死んでしまったことから始まり、寛徳二年春の帰洛に先だって、伊予の国で馬と別れることの感慨を詠んで結ぶという見事な構成を成している。能因がよく考慮して配列《はいれつ》していることに気づけば、伊予の国での彼の生活に馬が大きな位置を占めていたこともおのずから感得されるのである。

この能因の「かくしつゝ」の歌は、*『新古今集』秋歌下部に入集《にっしゅう》、後鳥羽《ごとば》院が隠岐で編んだ『隠岐本《おきぼん》新古今和歌集』にも除棄《じょき》されず採用された。『隠岐本』では、秋歌下部の*巻軸歌《かんじくか》となっており、後鳥羽院の胸を打つところがあったと思われる。また『*定家十体《ていかじってい》』は、「長高様《たけたかき》」の例歌二十一首中に、やはり能因の「*時雨《しぐれ》の雨染めかねてけり山城《やましろ》の常盤《ときは》の杜《もり》の真木《まき》の下葉《したば》は」と共にこの歌を取り上げている。「かくしつゝ」「しかすがに」の「か」と「し」の音の響きの連続性《れんぞくせい》も高く評価された理由であろうか。「長高様」に二首採られているのは一人能因のみである。

＊新古今集―第八番目の勅撰和歌集。二十巻。歌数は約二千首。後鳥羽院の下命により藤原定家らが撰し、元久二年（一二〇五）成立。

＊巻軸歌―巻の巻尾に置かれた歌。巻頭歌に対し、名誉の歌とされる。

＊定家十体―定家撰とされるが、偽書説もある。秀歌例のみを示した歌論書。長高様は、声調の整った風格の高い詠風を指す。

＊時雨の雨…―能因集・下・一七三。

03

今更に思ひぞ出《い》づる故郷《ふるさと》に月夜《よ》に君と物語《がた》りして

〔藤原保昌〕

【出典】能因集・中・七七

今改めてしみじみと思い出されます。私の古里で、先日の月の夜、あなたと親しくうちとけて語り合ったことを。

ここより、能因と心通わせた知友《ちゆう》を見ていこう。一読、非常に清々《すがすが》しい歌から。月の美しい夜に＊藤原保昌《やすまさ》と歓談《かんだん》して、後日彼に贈った歌である。「月夜《よ》に君と物語《がた》りして」に保昌との爽やかな交情が感じられる。保昌はこの時馬寮《めりよう》の左　馬頭《ひだりのうまのかみ》であった。能因に返した保昌の歌は、

見てしよりわれは宿《やど》をぞあくがるゝ山の端《は》月の思ひやられて

というもの。「あくがる」は、「何かに強く惹《ひ》かれて、心が自分の居場所から

【詞書】馬頭保昌朝臣《むまのかみやすまさあそん》に、月夜に物語などして、後《のち》にいひやる。

＊藤原保昌―天徳二年（九五八）―長元九年（一〇三六）七月。七十九歳。藤原致忠《むねただ》男。母は元明親王女。日向、肥後、大和、丹後、摂津の国司を

離れてふらふらとさまよい出る状態」を表す。
『能因集』の贈答《ぞうとう》の歌数や詞書によって知られる交遊の内容からいって、とりわけ親しい人々の中で、*大江嘉言《よしとき》、*源道済《みちなり》は文章生《もんじょうしょう》の先輩、*橘則《たちばなののり》長《なが》、*源為善《ためよし》、*大江公資《きんより》、*藤原資業《すけなり》は文章生の同輩というように、能因との繋がりを辿れる。そうした中で、保昌のみは、道済と共に八首という最多の関係歌を持ちながら、*文章生として共に学んだというような共通の場を見出すことができない。どのような縁で交遊を持ったのか判らない。しかし、右のように、『能因集』において最初に登場する呼称が「馬頭保昌朝臣」とあることは、重い意味を持つだろう。
『能因集』の編年《へんねん》配列から長和三年（一〇一四）と推定されるこの頃、保昌は大和守《やまとのかみ》を兼任していた。しかし、その大和守ではなく「馬頭」としたところに、能因の言わんとするところもあったのであろう。保昌は『小右記《しょうゆうき》』長和三年五月十七日条に「左馬頭藤原保昌」として見え、万寿二年（一〇二五）二月一日条に、大和守再任に際して、左馬寮の破損《はそん》甚だしきによって兼官《けんかん》を奪われると記されるまで凡《およ》そ十年余に亘《わた》って左馬頭を勤めていた。能因と保昌の交友は、馬寮の官を通じて始まったと思われる。『能因集』に最初に登場

歴任。その間左馬頭も。和泉式部の夫。

*大江嘉言、源道済、橘則長、源為善、大江公資、藤原資業―これらの人物については、それぞれ、12 11 10 08 09 14で述べる。嘉言は09、道済は12、為善は06 07、公資は06 11も参照のこと。

*文章生として…―保昌は武勇で聞こえるが、『今昔物語集』に「兵《つはもの》ノ家ニテ非ズト云ヘドモ」とあるように、曾祖父菅根は式部大輔・文章博士、祖父元方は朱雀天皇侍読、父致忠も文章生であり、保昌自身も文章生の可能性もある。家門に漂う雰囲気もあり、学問、文章の素養は深かったであろう。

*『能因集』の編年配列―以下断らない限り、本書の年次推定は集の配列に拠る。

*小右記―小野宮右大臣藤原実資《さねすけ》の日記。天元五年（九八

する保昌の詠は、能因の出家後間もなくのものである。出家後生きていく上での俗世界《ぞくせかい》との仲立ち、潤滑油《じゅんかつゆ》のようなものを馬に置いた能因が、保昌と会った折りのものではないだろうか。

能因と保昌の最初の出会いは馬を介したものであって、雅交《がこう》を目的としたものではなかったけれども、保昌は、「*六条の家に、宮城野《みやぎの》の萩《はぎ》を思ひやりつゝ植ゑ」（05）るような風流人《ふうりゅうじん》であり、和泉式部《いずみしきぶ》のような情感豊かな歌人を妻として持ち得る人であった。能因とは深いところで響きあうものがあり、出会った当初から歌を交わしあえるような、非常に清々《すがすが》しい気持ちの良い付き合いのできたことがこの贈答から伝わってくる。心を同じくする二人であったのだろう。

保昌は『歴代皇紀《れきだいこうき》』によれば、長元九年（一〇三六）七月二十八日に亡くなっている。能因の若き頃に亡くなった嘉言《よしとき》や道済《みちなり》は別格としても、彼は死去の年のみでなく、翌長暦元年（一〇三七）にも美濃国《みののくに》から一時帰京して保昌を追懐した二首を詠んでおり、その喪失感《そうしつかん》の大きさが窺《うかが》える。

故津守保昌朝臣の六条の家を見れば、宮城野
思ひ出《い》でて植ゑし秋草どもいとあはれなり

三）から長元五年（一〇三二）に及ぶ記事がある。

＊六条の家に、宮城野《みやぎの》の―能因集・中・一三〇の詞書。宮城野は現在仙台市に地名として残る陸奥国宮城郡の歌枕。能因歌枕広本に「野をよまば、嵯峨野、交野《かたの》、宮城野、春日野など詠むべし」と見える。秋草や萩で有名だった。

*宮城野をうつしゝ宿の秋の野は忍《しの》ぶ草《ぐさ》のみ生《お》ふるなりけり

又庭ノ松有リ。主人平生《へいぜい》相語リテ云ハク、予《よ》年老イテ此ノ松ヲ植ウ、衆賓《しゅうひん》ノ嘲《あざけり》ナリ、然リト雖《いへど》モ手自《てづか》ラ移シテ君子《くんし》ノ節ヲ衆《あつ》ム、向《きやう》後《こう》何《いづ》クンゾ*五大夫《ごたいふ》ノ賞《しょう》無カランヤ。予昨《むかし》之ヲ聞キ置ク。今斯《こ》ノ松ヲ見、慨然《がいぜん》トシテ感有リ。仍《よ》ッテ之ヲ詠ム

*植ゑ置きて雨と聞かする松風に残れる人は袖ぞぬれける

能因は後に大江公資《きんより》や源為善《ためよし》が亡くなった時にも追悼《ついとう》の歌を詠んでいるが、どちらも人と月を対比《たいひ》させる詠みぶりで、保昌に対する歌とは趣が異なる。能因の保昌を追懐した二首は彼の保昌への思いの深さを伝えてくれる。「秋の野」の「忍ぶ草」は、保昌が「宮城野を思ひ出でて」「植ゑし」庭の秋草であり、「松風に」の君子の徳のごとき常緑《じょうりょく》の松も、年老いて植えたのを多くの客が嘲った、保昌が手ずから移植した松であった。共に保昌が愛し具体的に関わった景物である。

両首とも保昌が出家後の能因の人生に深く関わっていたことを窺わせる歌である。能因は、保昌が亡くなって改めて、その自分の中に占めていた位置や、存在の大きさを感じ取ったのであろう。

*宮城野を……―能因集・下・一七九。

*五大夫―松の異名。秦の始皇帝が雨宿りした松に五大夫の爵位を与えたという史記・秦始皇本紀に載る故事に基づく。

*植ゑ置きて……―能因集・下・一八〇。

04

いづくとも定めぬものは身なりけり人の心を宿とする間《ま》に

［藤原兼房］

【出典】能因集・下・二一七

いずこともなく定め落ち着くことのないのは我が身ですよ。求める人の心を住みかとしてこうして世を渡り歩く間は—。

【詞書】傀儡子《くぐつ》に代りて、一首。

この歌の三首前に「備中守《びっちゅうのかみ》兼房《かねふさ》の館《たち》＊にて、歳暮和歌」と詞書があり、その詞書はこの歌にまで及ぶと見る。すなわちこの歌は、＊備中守兼房の国府の館で催された宴席《えんせき》の場で詠んだ自詠三首に続く一連の歌で、その宴席の座を盛りあげた傀儡子《くぐつ》に代って詠んだ一首である。傀儡子は、操《あやつ》り人形を回して見せたりした遊芸《ゆうげい》の漂民を言い、貴族の宴席に伺候《しこう》することが多かった。能因が右の歌を詠んだ時、兼房は正四位下《しいげ》備中守であった。長久元年（一〇四〇）

＊館—「館《たち》」とあるから京の邸宅ではなく、後拾遺集・雑四・一〇五七の兼房の歌の詞書「美作守にて侍る時、館《たち》の前に石立て水堰《せ》き入れて詠み侍りける」とあるよ

の年の暮れに、六月に亡くなった大江公資を偲ぶために伊予国から上洛《じょうらく》する際に、備中の兼房の館に立ち寄ったのであろう。

一所不住《いっしょふじゅう》の身をうたう上句はよく見る表現だが、下句の「人の心を宿とするまに」という表現は、傀儡子の自分の人生が他人の遊興《ゆうきょう》の具にゆだねられていることのどうしようもない存在の不安をよく捉えている。

藤原兼房は、寛徳二年（一〇四五）が作歌年次の下限である『能因集』の、その時点で生存している人々の中で、唯一人実名の明記されている人物である。能因が永承《えいしょう》七年（一〇五二）を過ぎて亡くなった時に、兼房の詠んだ歌が藤原清輔《きよすけ》の『*続詞花集《しょくしか》』（哀傷・四二七）にある。

能因身まかりにけるに、女《め》の許《もと》へいひつかはしける

ありし世はしばしも見ではなかりしを哀れとばかりいひて止《や》みぬる

同じ歌が『新古今集』哀傷歌の部（八四五）に載っているのを、*窪田空穂《くぼたうつほ》は以下のように評する。

「いわれる相手は歌僧能因で、いう兼房は、絶えず能因と逢っていた親しい人で、老境に入って、人生の見とおしもついていた人と思われる。その歌僧の死を知って、ああと嘆息しただけで、何のいおうと思うこともなかった

うに、国司の館であろう。

*備中守兼房―長保三年（一〇〇一）―延久元年（一〇六九）六月四日。六十九歳。父は中納言藤原兼隆。母は左大弁源扶義女。長く中宮権亮を務め、その間、諸国の国司を歴任する。能因や、和歌六人党らと親交があった。天喜二年秋歌合を主催。

*続詞花集―藤原清輔が永万元年（一一六五）頃に編んだ私撰集。

*窪田空穂は…―『完本新古今和歌集評釈』（昭39）。

というのである。きわめて実感に即した哀傷の歌で、作者を思わせるに余りある作である。能因も満足して受けたことと思われる。すぐれた歌である」。

03の二首は能因の詠んだ哀悼歌《あいとうか》であり、これは能因を詠んだ哀悼歌であって、詠みぶりも異なるけれども、共に人の心に残る秀歌《しゅうか》である。兼房は歌人《かじん》として能因との接触はあったけれども、「絶えず能因と逢っていた親しい人」と感じられる「しばしも見ではなかりしを」と表現される親密感はどこから来るのだろう。これはやはり、03の保昌と同様、兼房が馬寮《めりよう》に関わっていたことが大きいと思われる。『小右記』には治安《じあん》三年（一〇二三）九月六日から万寿四年（一〇二七）八月二十五日まで右馬頭《みぎのうまのかみ》兼房が見えるから、長く見て八年余は右馬頭の地位にあったと思われる。

この兼房について記しておかねばならないことがある。治安三年十月十三日の源倫子《りんし》六十賀の舞人《まいびと》として、「万歳楽《まんざいらく》」四人の中に右馬頭兼房が、「賀《か》殿《てん》」四人の中に右馬（権）助源*資通《すけみち》がいる。この時点では、資通は兼房の下《か》僚《りょう》であった。兼房は丹後《たんご》、備中《びっちゅう》、美作《みまさか》、播磨《はりま》、讃岐《さぬき》の国司を歴任するが、位階は二十八歳で正四位下に叙されて以後四十年間、公卿《くぎょう》になることはおろか、終生加階《かかい》すること無くその一生を終えた。下僚であった資通は、参議従

*源資通―寛弘二年（一〇〇五）―康平三年（一〇六〇）八月二十三日。五十六歳。従三位源済政一男。母は源頼光女。摂津守、和泉守、右大弁、蔵人頭、太宰大弐などを経て参議・従二位・勘解由長官。重代の管弦者で、発心集に琵琶についての数寄を語る話がある。六人党の従弟源頼実と親しく交わり、『更級日記』に憧れの貴公子として登場する。

二位勘解由《かげゆ》長官として亡くなっている。いかに兼房のその位階が停滞していたか判るだろう。
『春記《しゅんき》』長久二年三月二十六日条には、右大臣道兼を祖父に正二位中納言兼隆《かねたか》を父に持ちながら、備中前司兼房のみ「地下《ぢげ》ノ者也如何《いかん》」と注記がある。貴族社会の冷徹《れいてつ》さを感じる。貴族の日記類に記された兼房の度々《たびたび》の粗暴《そぼう》とも思える振る舞いの、その心の奥底に深い絶望を感じる。兼房は、歌人として有名な人物で、*夢で柿本人麿《かきのもとのひとまろ》に逢いその肖像を絵に写しとらせて日夜拝しているうちに歌も結構に詠めるようになったという逸話《いつわ》で知られるが、歌人としては認められていたものの、俗世にいて、ある時期から官僚社会の組織からはみ出た人、官僚社会から降りた人であった。いわば俗世にありながら、心は出家しているようなものであり、その心情は能因に通じるものがあったろう。そこに能因と兼房が深く結びつく由縁《ゆえん》があった。

　能因の方でも兼房に思うところがあったことは、家集『能因集』に登場する現存の人々の中で、唯一人「備中守兼房」と、その人物の実名を明記していることでも判るであろう。それらが然《しか》らしむるところの、能因の死に際しての、兼房の能因を思う「ありし世は」の歌であったのだろう。

*春記―小野宮家の嫡流である参議・春宮権大夫藤原資房の日記。万寿三年（一〇二六）―天喜二年（一〇五四）に及ぶ記事がある。

*地下ノ者也…―弟の左少将定房らと共に弓の射手として記された中の、兼房に対する注。

*夢で柿本人麿に逢い…―十訓抄に載る説話。このことが「人麿影倶《えいぐ》」の基になったという。「人麿影倶」とは、和歌の神である人麿の画像を掲げ、その前で和歌の会を持つこと。

05

宮城野を思ひ出《い》でつゝ移しける元荒《もとあら》の小萩《こはぎ》花咲きにけり

［和泉式部］

【出典】能因集・中・一三〇

あの宮城野に咲くという萩に思いを馳せながら、あなたが自邸に移し植えた元荒の小萩の花が今こうして美しく咲いていますね。

宮城野《みやぎの》を模した六条の保昌邸の庭に植えた秋草を見て、能因が亡き保昌を偲んだことを03で見た。秋の庭はそのままだが、主《あるじ》はいない。そんなむなしさが歌の基調にあった。庭の秋草は故人《こじん》を偲ぶよすがであった。その秋草の中には*宮城野特有の元荒の小萩もあった。保昌生前の長元五年（一〇三二）秋にその花が美しく咲いたのを見て能因はこの歌を贈って讃《たた》えた。

能因は二度の奥州下向《げこう》をし、元荒の小萩の実際を熟知《じゆくち》している。真の理解

【詞書】津の守《かみ》保昌の朝臣、六条の家に、宮城野の萩を思ひやりつゝ植ゑたるを見て。

【語釈】○宮城野―03の脚注参照。○元荒の小萩―古今・恋歌四・六九四の「宮城野の元荒の小萩露を重み風を待つごと君をこそ待て」に

者からの自邸の庭を賞翫《しょうがん》する歌に、保昌は、陸奥の景物、景観を通しての精神的絆をさえ感じていたのではないだろうか。その返歌で、

　宮城野*を恋ふる宿には露《つゆ》かくる言《こと》の葉《は》さへぞあはれなりける

と、能因の言葉に心を動かされている。保昌は03掲出歌の返歌でも「宿」を詠んでいて、庭のある自邸に愛着を持っていた。二人は元荒の小萩を愛《め》で、秋景《しゅうけい》のあわれを感じ合っているのであろう。

　能因と保昌、能因と兼房がそれぞれ馬寮の官を通じて知り合って以来、終生、深い人間としての交わりを持っていたことを03 04に見た。そして、保昌と兼房も、それぞれ左馬頭《ひだりのうまのかみ》、右馬頭《みぎのうまのかみ》として二年から六年にわたる時間と空間を共有していたから、能因―保昌―保昌の妻和泉式部*―兼房の交遊のほども窺われる。『和泉式部集』（五七四）に、式部がある人へ返した「年を経てもの思ふことは習《なら》ひにき花に別れぬ春しなければ」という歌が見える。この歌は、『小右記』寛仁《かんにん》二年（一〇一八）正月二十一日条に「左馬頭保昌妻式部」と見える彼女が、治安元年（一〇二一）の秋頃守《かみ》となった夫に同行して下った丹《たん》後《ご》での詠《えい》である。保昌は万寿元年（一〇二四）末まで丹後守と推察されており、万寿元年春頃の詠と思われる。また、能因撰『玄玄集』「和泉式部六首」に

基づく。『源氏物語』桐壺にも「宮城野の露吹き結ぶ風の音に小萩がもとを思ひこそやれ」がある。「元荒の小萩とは、みやまより外にはよまず」（能因歌枕広本）。

*宮城野特有の―無名抄・為仲宮城野萩に、六人党の橘為仲が陸奥守の任果てに際し、宮城野の萩を掘取って長櫃十二合に入れて運んだので、入京の日には二条大路に多くの人が待ち受けたという逸話がある。

*宮城野を…―能因集・中・一三一。

*和泉式部―天元元年（九七八）頃―長元七年（一〇三四）頃。中古三十六歌仙の一人。越前守大江雅致《まさむね》女。母は平保衡女とも。長徳頃、和泉守橘道貞と結婚し、小式部内侍を産むが、離別。長保頃、花山帝異母弟弾正宮為尊《ためたか》親

「保昌に忘られて後、*備中守兼房、世中をばいかが思ふ、とありければ」と詞書して載っており、ある人は兼房である。左馬頭保昌と不和になった式部を右馬頭兼房が心に掛けて歌を贈った、それに対する返歌《へんか》なのである。何年も生きて来て、花と別れない春というものがありえないように今では物思いが私の習性になりました、との歌意《かい》からは保昌と和泉式部のその後が気にかかるが、式部は万寿四年（一〇二七）十月二十八日の皇太后妍子《けんし》の四十九日の法事に、守として大和国にいる夫保昌に代って仏の飾り玉を献上し、「*数ならぬ涙の露を添へたらば玉の飾りを増さんとぞ思ふ」と詠んでいる。

　これは式部の明確に年代が確認される最後の事蹟《じせき》とされているけれども、『和泉式部集』には、『能因集』に見える、保昌が京六条の自邸に宮城野の風情を楽しむために秋草を植えた試みと照応《しょうおう》する式部の歌がある。

　　津の国といふ所に薄《すすき》を植ゐおきて、京に来たるに、
　　かの国より生《お》ひにたりと言ひたる、返事に
　*植ゐおきし我やは見べき花薄蘆《あし》の穂《ほ》にだに出《い》ださずもがな

摂津国《せっつのくに》に薄を植えておいて都へ帰って来ていると、向こうから「あの薄がもう生えていますよ」と言ってよこすのは、「宮城野」の歌で、京六条の庭作

王、ついで帥宮敦道《あつみち》親王の二親王との恋愛を経て、寛弘六年（一〇〇九）春、中宮彰子に出仕、藤原保昌と再婚した。家集『和泉式部集』『和泉式部続集』がある。

*備中守兼房—万寿元年、兼房は右馬頭兼中宮権亮であるが、玄玄集は、撰集した時点での極官《ごくかん》（最高の官位）で記している。

*数ならぬ……—和泉式部集・三六六。『栄花物語』「玉の飾り」の巻名の由来となった。

*植ゐおきし……—和泉式部集・七三九。

りに心を砕く保昌を想起させる。長元五年（一〇三二）秋に守となって式部を伴って下った任国《にんこく》でも共に薄を植えて、翌春六条の保昌邸に来ている式部に知らせてきたのではないだろうか。摂津守保昌は『日本紀略《にほんきりやく》』長元七年十一月八日条に確認されるが、『能因集』に同五年秋の掲出詞書があり、長元七年秋の「津《つ》の守保昌《かみやすまさ》の朝臣と難波江《なにはえ》に同舟《おなじふね》にて詠《なが》めける」と詞書する

　*みくさみぞ懸《か》くべかりける難波潟舟《なにはがたふね》うつ波《なみ》に寝《い》こそ寝《ね》られね

がある。保昌は長元五年から亡くなる九年秋まで摂津守であったと思われる。式部の「植ゑおきし」の歌は、保昌が摂津守であった長元六年春頃の詠であり、二人して薄を植え、歌を詠み交わす姿に、穏やかな空気を感じる。大和守として在国中、京の妻式部に皇太后《こうたいごう》四十九日の法事の代役を任せた夫は、その六年後、摂津守として在国中、昨年二人して植えた秋草について京の妻式部に知らせてくる。

　この式部の最終詠と思われる長元六年春頃の「植ゑおきし」の歌は、彼女が国司《こくし》の妻としての役割を全《まっと》うし、二人が秋草の情趣《じょうしゅ》を感じ合うような晩年を迎えたことを教えてくれる。式部も宮城野の面影を伝える保昌邸の庭に深い思いを抱いていたのであろう。

＊みくさみぞ……能因集・下・一五五。

06

さすらふる身はいづくともなかりけり浜名《はまな》の橋のわたりへぞ行く

［橘義通］

【出典】能因集・下・一八四

さすらうこの身は、何処へ行くという当てもありません。心の赴《おもむ》くまま、遠江《とおとうみ》の浜名の橋の辺《あた》りに行くのです。

能因は、04で「いづくともさだめぬものは身なりけり人の心を宿とするまに」という歌を傀儡子《くぐつ》に代わって詠んだ。それは、一所に定住せず、他人の心任せに生きる傀儡子の不安定な生活を歌ったものだったが、長暦二年（一〇三八）に、この「さすらふる身」の歌を詠んでいる。いま改めて、長久元年（一〇四〇）歳暮《せいぼ》に詠まれた「いづくとも」の代詠《だいえい》を見ると、能因が傀儡子の生に、我が身の生を重ねる部分があったのだろうと実感される。

【詞書】浜名のわたりへ行くとて。

【語釈】○浜名の橋―『能因歌枕』遠江国に見える。静岡県浜名郡新居町にあって浜名湖に掛かる橋。

＊橘義通―永延二年（九八八）頃―治暦三年（一〇六七）二月十

ところで、能因自身の生のありようを描いたとも見なされるこの歌は、彼の遠江下向を詠んだもののようである。より詳しくは、後で見るように、遠江下向の途次《とじ》に、美濃守　*橘義通《たちばなのよしみち》の許へ立ち寄った時の歌のようである。

遠江へ行くのは、長元七年（一〇三四）の「浜名の橋」を詠んだ歌と同じく、遠江守*大江公資《きんより》を頼ってであろう。『能因集』の中で最初に「浜名の橋」を詠んだ長元六年の歌の詞書にもその名が見える。

遠江に、公資朝臣許に之ヲ送ル時ニ摂州ニ在リ
*目にちかき*難波の浦におもふ哉浜名の橋の秋霧のまを
浜名の橋をはじめて見て
*今日みれば浜名の橋を音にのみ聞きわたりけることぞ悔しき

三首目に当たるこの「浜名のわたりへ行くとて」と詞書する歌は、漠然《ばくぜん》と「浜名の橋のわたりへ」としか言わないけれども、「浜名の橋」の符合《ふごう》からも、能因の遠江下向と考えて良いと思う。三首に共通する歌枕「浜名の橋」によって、能因は遠江守公資を想起させようとしたのかもしれない。長暦二年のこの歌の折りも、公資は遠江守であったと考えられる。『国司補任《こくしぶにん》』によると、次に遠江守として記されるのは『春記《しゅんき》』長久元年条に「正月廿五日

七日。橘為義の一男。母は周防守大江清通女、後一条帝乳母「少輔乳母」。子に六人党の義清、為仲がいる。一条朝・三条朝の六位蔵人を経て後一条中宮威子の中宮大進。備後守・美濃守・因幡守を歴任し、筑前守在任中に没したか。後一条帝の乳母子《めのとご》。

*大江公資―寛和二年（九八六）頃―長暦四年（一〇四〇）六月廿五日以前。前薩摩守清言《きよとき》男。のち叔父以言《もちとき》の養子となる。寛弘九年（一〇一二）春、文章得業生から少外記任官。相模・遠江守の後、従四位下兵部権大輔に至る。歌人相模はその妻。09で見る。

*目にちかき……―能因集・中・一三九。

*難波《なには》の浦―『能因歌枕』摂津国に見える。

*今日みれば……―能因集・中・一五八。

任」とある「菅原明任」であり、公資は重任《ちょうにん》したのであろう。*源為善《ためよし》に、*『後《ご》拾遺集《しゅういしゅう》』の「大江公資朝臣、遠江守にて下り侍りけるに、師走《しはす》の廿日頃に、馬の餞《はなむけ》すとて、土器《かはらけ》取りて詠み侍りける」という詞書の「*暮れてゆく年とともにぞ別れぬる道にや春は逢はんとすらん」がある。長元五年（一〇三二）末、十二月二十日頃公資は赴任したのであろう。

能因は、公資が赴任して初めての翌六年秋に、摂津の国にいて目の前の難波の浦を眺めながら、彼方の遠江国の秋景、秋霧の間に見える「浜名の橋」を想像し、七年には実際に「浜名の橋」を訪れて、こんなに美しいのだったら、今まで話にだけ聞いて来たのが悔やまれると慨嘆《がいたん》する。浜名の橋は、その美景において、一見する価値のあるものであった。

そして、長暦二年（一〇三八）の「さすらふる」の歌が詠まれた。この歌は*『続詞花集』（旅・七三〇）に採られ、その詞書に「*遠江へまかりける時、美濃守義通朝臣国に有りと聞きてまかり寄れりける。主《あるじ》などして、何事にていづこへまかるぞなど申しければ詠みける」とある。これによれば、能因は美濃国を経て遠江国へ行ったことになる。01 02で触れた長暦四年春の伊予下向は、*藤原資業の伊予守赴任に従ったものであった。右の公資に餞別《せんべつ》の歌を贈

*源為善—寛和元年（九八五）頃—長久三年（一〇四二）秋。光孝源氏信明孫、播磨守国盛男。母は文徳源氏越前守致書女。寛弘五年十月十七日、玄蕃亮源為善、敦成親王（後の後一条天皇）家の侍者となる。08で見る。

*後拾遺集—第四番目の勅撰和歌集。白河天皇の下命により、応徳三年（一〇八六）九月、藤原通俊《みちとし》の手に成った。二十巻。千二百十八首。

*暮れてゆく……—別・四八九。

*続詞花集—04の脚注参照。

*遠江へ……—清輔は現存能因集とは別の資料からこの歌を採ったのであろう。

*藤原資業—14で見る。

った為善が三河守《みかわのかみ》であった時には、三河国に下向した（08）。この長暦二年には、美濃守橘義通を頼って美濃へ、遠江守大江公資を頼って遠江に旅をしたのであろう。公資は重任し、長元五年末から長暦四年（長久元年）正月まで遠江守であり、義通も長元九年から長暦三年末まで美濃守であった。

遠江へ行く途中美濃へ立ち寄った時、国司の義通から「どういう事情で、どこへ行くのか」と聞かれて、案外本音かもしれない「さすらふる身はいづくともなかりけり」という漂泊《ひょうはく》のポーズに合わせて、浜名の橋の辺りへ行くのですと漠然とした形で答えたのであろう。

万寿二年（一〇二五）、長元二年と二度も陸奥に旅してこの地を通ったであろう能因が、長元七年に「浜名の橋をはじめて見て」と言っている。これは、『更級日記《さらしなにっき》』寛仁四年（一〇二〇）の記事に「浜名の橋、下りし時は黒木を渡したりし。この度《たび》は跡だに見えねば、舟にて渡る」とあるように、浜名の橋はしばしば破損、改修を繰り返していたから、以前の旅では見ることが出来なかったのだろう。

能因はこの詞書に、新造《しんぞう》成った橋を初めて見て、渇望《かつぼう》していただけにひとしおであったその喜びをこめたのであろう。

07

匂《にほ》ひだに飽《あ》かなくものを梅《むめ》が枝《え》の末摘花《すゑつむはな》の色にさへ咲く

［観教法眼］

【出典】能因集・上・一八

梅の枝の花は、いくら香りをかいでも飽きることがないほどであるのに、その上、あの末摘花のような真紅《しんく》に美しく咲いていて、心まで騒がせてやまないことです。

*観教僧都《かんきようそうず》の紅梅、その住持《じゆうじ》した寺に咲いた紅梅《こうばい》の素晴らしさを、花の香りと色と両面から賞翫した歌。「紅梅」は『枕草子《まくらのそうし》』に「木の花は　梅の、濃くも薄くも、紅梅。桜の、花びら大きに、色よきが、枝はほそうかれはれに咲きたる」（伝能因所持本四四段）とあるように珍重された。『源氏物語』「末摘花」にも「階隠《はしがくし》のもとの紅梅、いと疾《と》く咲く花にて、色づきにけり」とある。寛弘《かんこう》四年（一〇〇七）早春、能因がまだ橘《たちばなの》永愷《ながやす》と名乗っていた文章《もんじよう》

【詞書】早春に、御願《ごがん》の紅梅を翫《もてあそ》ぶ。

○御願―天皇、皇太子など高貴な人の願によって建立された勅願寺、御願寺のこと。ここは「御願寺《ごがんじ》僧都」と号した観教を指す。観教は三条天皇の東宮時からの護持《ごじ》僧であったから、三条

生《しよう》時代の作である。

『能因集』下巻に、この歌の詞書「御願《ごがん》の紅梅」と照応する「故観教法眼の紅梅」を詠んだ贈答歌《ぞうとうか》がある。

春故観教法眼の紅梅を思ひやりて、
諸共《もろとも》に見し人の許にかういひやる
暇《いとま》なみ君が見ぬ間に梅の花飽《あ》かなく色のもしや散るらん

返し　　為善の朝臣
紅《くれなゐ》の涙に染《そ》むる梅の花昔の春を恋ふるなるべし

返歌の主が「為善の朝臣」とあるから、「諸共に見し人」は、源為善《ためよし》＊である。観教は為善の大叔父に当たる。永愷が冒頭の歌を詠んだ時、為善と一緒に観教の住持した御願寺の紅梅を見たことがわかる。また、「思ひやりて」という表現から、能因はその紅梅を、この贈答歌の折りは眼前に見ていないと思われる。為善の返歌の「昔の春」は観教存命中の春。共にその紅梅を見た春。梅が紅色に咲いているのは、梅が旧主《きゆうしゆ》を慕って紅涙《こうるい》を流しているからだという。それはまた、その梅の木を植えた大叔父観教を思う為善の心情であろう。梅が昔の春を思い慕うのと同様、自分も観教在世の昔の春が恋しい

天皇縁《ゆか》りの寺であろう。

【語釈】○飽かなく―動詞「飽《あ》く」に「なく」がついたもの。飽きない。満ち足りない。○末摘花―紅花《べにばな》の異名。歌では「余所《よそ》にのみ見てやは恋ひむ紅の末摘花の色に出《い》でずは」（拾遺集・恋一・六三二）などとうたわれ、源氏物語の巻名ともなる。

＊観教―承平四年（九三四）―寛弘九年（一〇一二）十一月二十六日。七十九歳。光孝源氏公忠男で叡山僧。法橋・法眼を経て権大僧都に至る。

＊源為善―06参照。08で見る。

というのである。長暦二年（一〇三八）春に詠まれた右の贈答歌から、観教が入滅した寛弘九年（一〇一二）十一月二十六日以降も、紅梅は元の場所にあり、為善は眼前にその紅梅を見ていることが判る。「暇《いとま》なみ」と言うのは、長元六年（一〇三三）六月から長暦元年（一〇三七）十二月まで備前守《びぜんのかみ》として多忙で、都の紅梅のことなど全く忘れ去ったような日常生活を送っていたが、その備前守の任期が終わり、この春帰洛したばかりであったからだろう。能因の贈歌はこれからまた為善と親昵《しんじつ》な交りを結べるという喜びの挨拶であり、あなたが四年間も都を留守にしていて見ることができなかった、故観教の紅梅を堪《たん》能《のう》してくださいという気持ちをこめたものであろう。紅梅を挟んで観教を追《つい》慕《ぼ》するこの贈答の中に、二人の交情《こうじょう》がよく見てとれる。永愷《ながやす》と観教の繋がりは、観教が為善の大叔父であるからで、先達道済との交友も、道済の従弟《いとこ》為善に拠ってもたらされた光孝源氏《こうこうげんじ》一族との交流から生まれたものであろう。能因は『玄玄集』に「観教僧都一首」を選んでいる。

先に詞書の「御願」を説明する中で、観教は＊三条《さんじょう》天皇が居貞《おきさだ》といった東《とう》宮《ぐう》時からの護持僧であったから、観教の住持した御願寺は三条天皇縁《ゆか》りの寺であろう、とした。その三条天皇と能因を結びつける歌が『能因集』にある。

＊三条天皇―冷泉院皇子で第六七代天皇。天延四年（九七六）正月三日―寛仁元年（一〇一七）五月九日。四十二歳。三十

河原《かはら》の院にて、むすめに代《かは》りて
＊ひとり住む荒れたる宿の床《とこ》の上にあはれ幾《いく》夜の寝覚《ねざめ》なるらん

これは『新古今集』恋歌三部に「題しらず」＊安法《あんぽう》法師女《むすめ》の作として載るのだが、同じく恋歌三部には、もう一首安法法師女の作がある。

三条院、みこの宮と申しける時、久しく訪はせ給はざりければ
＊世の常の秋風ならば荻《をぎ》の葉にそよとばかりの音《おと》はしてまし

右の永愷の代作は、寛弘六年と目されるもの。時に居貞親王は三十四歳であった。この頃彼は＊河原院なる安法の旧居に住む女の許に通っており、永愷もこれ以前から河原院に出入りし、代作を請われるまでになっていた。また、安法女の「世の常の」歌は能因撰『玄玄集』にあり、しかも女のただ一首採られた歌である。『玄玄集《げんげんしゆう》』の歌は『新古今集』の出典となった可能性もある。永愷と東宮居貞には接点があったと思われる。居貞親王は、寛和《かんな》二年（九八六）から寛弘八年十月十二日まで東宮であった。

右の代作歌より前に詠まれた寛弘四年早春の紅梅の歌の折りには、居貞親王も、護持僧観教の寺で、見事な紅梅を賞翫する歌会に同席し、歌を詠まれたかもしれないといった想像もふくらむ。

六歳で即位、在位五年で亡くなった。

＊ひとり住む……能因集・上・三四、また新古今集・恋歌三・一二一七にも。

＊安法法師―村上―一条朝の人、永延三年（九八九）生存（生没年未詳）。中古三十六歌仙の一人。嵯峨源氏で源融の曾孫。主《あるじ》である河原院で恵慶ら多くの歌人文人と交遊した。家集に『安法法師集』。

＊世の常の……新古今集・恋歌三・一二二二。

＊河原院―嵯峨天皇の皇子源融が京都六条の地に造営の豪壮な邸宅。陸奥国塩釜の景観を模し、融より子の昇に伝領。昇の孫の安法法師が父祖の縁で住持し、時流に超然と独自な風雅の小世界を形成した。

08

思ふ人ありとなけれど故郷《ふるさと》はしかすがにこそ恋しかりけれ

［源為善］

【出典】能因集・中・九〇、後拾遺和歌集・羇旅《きりよ》・五一七

恋しく思う人がいるというわけではないけれども、ここしかすがの渡りまで来るとさすがに故郷の都は、恋しいことだよ。

能因は、観教の御願寺の紅梅を思い観教を偲ぶ歌の中で、ことさらに源為*《ため》善《よし》を「もろともに見し人」と表現する（07）。為善が亡くなった時には「月*ニ対シテ故備州源刺史ヲ憶フ」と詞書した歌を詠む。家集の中で哀傷歌に漢文詞書を使うのは保昌《やすまさ》と為善が亡くなった時のみ。二組贈答歌のある人物もこの二人に嘉言《よしとき》を加えた三人のみ。為善は能因にとって重要な人物であるのだが、今回彼もまた文章生であったことが確認できた（脚注参照）。

【語釈】○しかすがに―02参照。ここは地名のしかすがをかける。「行けばあり行かねは苦ししかすがの渡りに来てぞ思ひわづらふ」（中務集）。

＊源為善―06参照。三河守、右衛門権佐、左少弁、備後

「*しかすがの渡りに宿りて」と詞書のある右の歌の直前に、

　三河にあからさまに下《くだ》るに、信濃の御坂《みさか》の見ゆる所にて
白雲のうへより見ゆる足引きの山の高嶺《たかね》や御坂なるらん

という歌がある。この歌に続く掲出歌も、三河国へ能因が独りで下向する途次にしかすがの渡りで詠んだ歌であろう。「しかすがの渡り」は『枕草子』に「わたりは　しかすがのわたり。水橋のわたり」（伝能因所持本一八段）とあるように歌枕として有名であった。「しかすがに」の語意からはるばると来つつも都に引かれる心を表現した歌が多い。上二句「思ふ人ありとなけれど」は『*伊勢物語』第九段「東下り」で業平が都鳥に問いかけた歌を意識しているのだろうが、より直接的には「年ごろ思ひける」と詞書のある*大江嘉言の「忍びつつやみぬるよりは思ふことありけるとだに人に知らせん」（嘉言集・三二）から影響を受けた表現であろう。「白雲の」歌は『後拾遺集』羇旅部（五一四）にも載るが、その詞書「為善朝臣、三河守《みかはのかみ》にて下り侍《はべ》りけるに、墨俣《すのまた》といふわたりに降《お》りゐて、信濃《しなの》の御坂《みさか》を見やりてよみ侍ける」は後から付《ふ》されたものであろう。為善は寛仁二年（一〇一八）から治安二年（一〇二二）まで三河守であった。この詞書によれば、為善の任国三河に一緒に

守を歴任、備前守従四位上に至る。その間、中宮権大進、中宮亮を兼任。長和三年（一〇一四）十一月二十八日の東宮（敦成親王）御読書始には博士を補佐して尚復（講師を補佐する役）を勤める文章生であった。源経信《つねのぶ》母の同母弟であり、為善が甥経信に与えた影響は大きい。

*月ニ対シテ……月に向かい、亡くなった備前の守源為善を憶う

*しかすがの渡り―三河国の歌枕。愛知県豊川市の吉田川（豊川）の河口にあった渡し場。『能因歌枕』参川国に「しかすがの杜」がある。

*伊勢物語―01参照。

*大江嘉言―09参照。12で見る。

下向した際の歌のようだが、詠歌年次は『能因集』配列より治安元年または二年と推定され、三河守となって三、四年たって下向したことになり不自然である。自撰『能因集』詞書の如く、能因が三河国にちょっと下向した時のものであろう。続く掲出歌も同じく覊旅部にあり、その前には06で取り上げた大江公資《きんより》が遠江守として下向する時に、同行した公資男《だん》広経《ひろつね》が何年か後に詠んだ歌がある（09参照）。為善は公資に餞別の歌を詠んでおり、『後拾遺集』*のこのあたりは、文章生《もんじょうしょう》であった人々の深い絆が窺えて、興味深い。

三河下向の歌の次には、長元五年（一〇三二）秋の贈答歌がある。

中宮亮《ちゅうぐうのすけ》為善の朝臣のもとより、萩につけて、

かういひおこせたり

*人知れず秋をぞ見つるわが宿の小萩がもとの下葉ばかりに　（為善）

返し

手にむすぶ水にも著《しる》し秋はなほ萩の下葉の色ならねども　（能因）

また、「二条」にある中宮亮為善の自邸で催された土佐の守登平《なりひら》の餞別の宴で「水の辺《ほと》りに別れを惜しむ心」を詠んだ、「*別れゆく影は汀《みぎは》に映《うつ》るとも返らぬ波に習ふなよ君」という歌もある。

*『後拾遺集』のこのあたり——並べてみると、514能因「白雲の」、516広経「東路の」、517能因「思ふ人」、そしてこの次の518に能因の有名な「都をば霞と共に立ちしかど」の歌が来る。

*人知れず……——能因集・中一三二・一三三の贈答。

*別れゆく……——能因集・下・一七二。

為善は後一条《ごいちじょう》天皇中宮威子《いし》の中宮亮を勤めていた。その頃の印象に残る歌として、長元九年九月六日に薨じた威子を追慕した歌、

泣く涙あま雲霧《き》りて降りにけり隙《ひま》なく空も思ふなるべし

が『栄花《えいが》物語《ものがたり》』「着るはわびしとなげく女房」にある。また、*備前守であった為善が中宮威子の女房であった*出羽弁《いでわのべん》に十二月の晦《つごもり》ごろ贈った、

*都へは年《とし》とともにぞ帰《かへ》るべきやがて春をも迎へがてらに

は、長暦元年十二月に為善が備前守の任を終えて帰洛する際の詠であろう。

『出羽弁集』に拠ると、兼房（04）は永承六年（一〇五一）に中宮亮兼美作守であった。為善は右の贈答歌の長元五年秋から中宮威子追慕の歌を詠んだ同九年十月二十一日までの中宮亮在任が確認される。彼もまた中宮亮兼備前守であった。備前国は岡山県南東部、美作国は岡山県北部という都からの近国《きんごく》である。近国の国司が中宮職《しき》の次官である中宮亮を兼任するというような四位を極位《きょくい》とする官僚の実態も窺われ、面白い。

最後は、冒頭で触れた長久三年（一〇四二）秋に伊予の国で月に対して旧友為善を思って詠んだ、能因の真情がそのまま伝わってくる歌で終えよう。

*命あればことしの秋も月は見つ別れし人にあふよなきかな

*備前守―07参照。

*出羽弁―生没年未詳。後一条天皇中宮威子・その皇女章子内親王に仕えた。

*都へは……―後拾遺集・冬・四二四。

*命あれば……―命ながらえて、今年の秋も月を見ることができた。しかし死別した彼に逢えるこの世の夜はもうないのだなあ（能因集・下・二二二）。新古今集・哀傷歌・七九九にも。

09

ふるさとを思ひ出《い》でつゝ秋風に清見《きよみ》が関《せき》を越えんとすらん

［大江公資］

【出典】能因集・中・八八、新千載和歌集・離別歌・七五四

故郷のこの都をなつかしく思い出しながら、秋風の中、あなたは遠い清見が関を越えようとしていることでしょうね。

【詞書】公資朝臣の相模《さがみ》になりて下るに

【語釈】○清見が関―駿河国の歌枕。現静岡県清水市興津にあった古関。

＊大江公資―06参照。

三河国しかすがの渡りで詠んだ歌（08）の前にある治安元年（一〇二一）秋の詠。やはり文章《もんじょう》生《しょう》時代からの旧知大江*公資《きんより》が相模守《さがみのかみ》となって下向するに際し、能因が惜別《せきべつ》の念を詠んだ一首。公資の任国相模に近い駿河国《するがのくに》の「清見が関」は、『枕草子』に関は「清見が関。みるめが関。よしよしの関こそ、いかに思ひ返したるならんと知らまほしけれ」（伝能因所持本一一四段）とあるように、都人の心惹《ひ》かれる歌枕《うたまくら》だった。能因は『玄玄集』に平祐挙《すけたか》の

　胸*は富士《ふじ》袖は清見が関なれや煙も波もたたぬ日ぞなき

を採っている。清見が関は、そこから三保《みほ》の崎へかけて海岸が広がり、北東に富士山を眺める絶景《ぜっけい》の地であった。旅立つに先立って、清見が関を秋風と共に通り過ぎて行く公資の姿をイメージとして描く趣向《しゅこう》は新鮮である。

以降、「清見が関」と秋風や風を取り合わせた歌が詠まれるようになる。

　*足柄《あしがら》の山の紅葉《もみじ》ばちるなへに清見が関に秋風ぞ吹く　源師頼《もろより》

　*あなし吹く清見が関の固ければ波と共にも立ち返るかな　源俊頼

　*富士の嶺《ね》の雲吹きはらふ山おろしに清見が関は敷浪《しきなみ》ぞ立つ　藤原公重《きんしげ》

また六人党《ろくにんとう》の*橘《たちばなのためなか》為仲は陸奥守《むつのかみ》となった承保《じょうほう》三年（一〇七六）の「十月十日、清見が関に泊まりたるに、月いと明《あか》し」という詞書の、

　*岸近く波寄る松の木《こ》の間より清見が関は月ぞ洩《も》りくる

という歌を詠んでいる。「月」と「波」を取り合わせた初例《しょれい》であろう。富士を中心に据えて月を配した藤原顕輔《あきすけ》の「*夜もすがら富士の高嶺に雲消えて清見が関に澄《す》める月影」など「清見が関」に「月」が詠まれるのは「清見《きよみ》」と「月」との関連に興《きょう》を感じてのことと思われる。

『能因集』には、詞書に「公資」とある歌が掲出歌を含めて三首ある。後

*胸は富士……―玄玄集・祐挙二首・九〇、三奏本金葉集・恋・三九七、詞花集・恋上・二一三。

*足柄の……―堀河百首・雑・一四一二。

*あなし吹く……―散木奇家集・旅宿・七五三。

*富士の嶺の……―風情集・六六。

*橘為仲―22参照。

*岸近く……―為仲集・一三五。九月半ばに都を立って任国につくまでの詠歌群に収まる。

*夜もすがら……―中宮亮顕輔家歌合・二。

の二首は、06で見た公資が相模守に次ぐ遠江守であった時の「遠江に、公資朝臣の許に之を送る、時に摂州に在り」という長元六年（一〇三三）の歌、

　目にちかき難波の浦におもふ哉浜名の橋の秋霧のまを

と、『春記』長暦四年（一〇四〇）六月二十五日条に死亡の伝えられる公資を偲んだ「故公資朝臣の旧宅に一宿、月夜に之を詠む」と詞書する歌、

　*主《ぬし》なくて荒れたる宿の外面《そとも》には月の光ぞ一人すみける

である。一首目は、名所《めいしょ》歌枕として喧伝《けんでん》されてきた「浜名の橋」が能因の内面で想像された姿を示しており、秋霧の間に見え隠れする浜名の橋が、

　心あらん人に見せばや津の国の難波の浦の春の景色を

と詠んだ春の難波の浦の光景（20で取り上げる）と重ね写しにされて、能因の憧憬《しょうけい》の対象となっている。彼の「浜名の橋」三首（06）は*大江広経《ひろつね》の知るところであったろう。後年広経自身が国司として下向する時に、往時父公資が遠江守であった時に共に下向した時のことを思い起こす歌を詠んでいる。

　　父の供に遠江国に下りて、年経て後、下野《しもつけ》の守にて
　　下り侍りけるに、浜名の橋のもとにて詠み侍ける
　*東路の浜名の橋を来てみれば昔恋ひしきわたりなりけり

*主なくて……―能因集・下・二一八。

*大江広経―母は中原奉平女。大内記・下野守・伊勢守を歴任。為仲との永承六年の同座詠や承暦三年の贈答歌がある。父公資の妻には、六人党の先達として仰がれた相模（01の脚注10参照。11で見る）がいるが、彼女は子に恵まれなかった。

二首目「主なくて」は、公資の亡くなった年の歳暮《せいぼ》に伊予から上洛し、公資の旧宅を訪れて一泊、折からの月夜に感懐《かんかい》を催し、常《つね》ならぬ人と昔に変わらぬ月を対比《たいひ》させて、親友公資を偲んだ歌である。主なき宿の寂寥《せきりよう》をしみじみと感じさせるこの歌には、*公資の叔父嘉言の二首「主亡《あるじ》くなりにける家にて月を見て」という詞書の「君まさぬ宿は浅茅《あさぢ》とあせにけり月ばかりこそ盛《さか》りなりけれ」と「この入道殿失《う》せ給ひてのち、秋の月を」という詞書の「君まさぬ宿にはあれど月影は荒れたりとても厭《いと》はざりけり」が影響を与えていよう。永愷《ながやす》（能因）は、*藤原長能《ながとう》を師と仰いだが、*大江嘉言《よしとき》も長能に師事したようであり、嘉言は永愷の兄弟子に当たる。『能因集』には嘉言との濃《こま》やかな交流が様々《さまざま》に窺われる。

また、この主なき宿「故公資朝臣の旧宅」こそ、*『袋草紙《ふくろぞうし》』の、能因がいつも公資の孫の公仲《きんなか》に「数奇《すき》給へ、すきぬれば歌はよむ」と諭《さと》したという、能因の数奇ぶりを伝えるよく知られた話の舞台となった場所であり、その前半部にある、*毎年桜の花盛りに能因が摂津高槻《たかつき》の古曽部《こそべ》の地から都の五条東洞院《とういん》にあった公資の邸宅を訪れ、南庭の桜を賞翫したという逸話《いつわ》から窺えるように、能因の慣れ親しんだ懐旧《かいきゅう》の情を催《もよお》させる場所であった。

*東路の…—後拾遺集・羇旅・五一六。

*公資の叔父、嘉言の二首—嘉言集・二八と一六〇。

*藤原長能—13で見る。

*大江嘉言《よしとき》—正言《まさとき》・以言《もちとき》（九五五—一〇一〇）兄弟と共に勅撰歌人。12で見る。

*袋草紙—十二世紀中葉になった藤原清輔著の歌論・歌学書。雑談の部に能因の逸話や六人党のことが多く載る。

*毎年桜の…という逸話—能因は古曽部より毎年花盛に上洛して宿ニ大江公資が五条東洞院家ニ云々。件《くだん》の家の南庭に桜樹有り。その花を翫《もてあそ》ばんが為と云々。

10

白波の立ちながらだに長門《ながと》なるとよらの島のとよられよかし

〔橘則長〕

【出典】能因集・中・一〇〇、後拾遺和歌集・雑六・一一二六

白波の立つ海路を遠く長門へ下る、その長門のとよらの島ではありませんが、せめて立つ際《きわ》にでも私の所にお立ち寄りください。

公資《きんより》に続いてもう一首、文章生《もんじょうしょう》時代からの旧知の旅立ちを送る歌である。万寿元年（一〇二四）秋の詠。詞書によれば、長門守《ながとのかみ》となった＊橘則長《たちばなののりなが》が任地へ下ると言ってきたので、せめて行く前に顔を見せてほしいと呼びかけた歌。相手の任地である長門の豊浦《とようら》に掛けて「と寄れ」と言うところに能因の則長への親愛の情が窺える。

則長は橘永愷（能因）と同族で、三巻本『枕草子』勘物《かんもつ》に「進士《しんじ》」（文章

【詞書】則長朝臣、今なん長門へ下る、といひおこせたるに。

【語釈】○立ちながら―白波が立つに、立ったままでの意を懸ける。○長門―現在の山口県の西北部。○とよら―長門国の国府豊浦《とようら》の古名。

生）と記される。則長は天元《てんげん》五年（九八二）生まれ、永延《えいえん》二年（九八八）生まれの永愷より六年の年長であったが、『*中古歌仙三十六人伝』に「肥後《ひご》進士」とある永愷とは寛弘年間に机を並べる文章生仲間であった。また、則長に嫁《か》して則季《のりすえ》を生んだ女性は永愷次兄元愷《もとやす》の娘であった。長門守元愷の後任が、女婿《じょせい》則長であることも肯《うなず》けよう。

　則長は和泉式部からも、ひとかどの歌人と認められていたようだ。「雲林院にすむころ、*越後守則長に」という詞書の、

　*聞かせばやあはれを知らん人もがな雲の林の雁《かり》の一声

という歌を贈られている。則長は和泉式部と交遊のあった清少納言《せいしょうなごん》の子息《しそく》である。式部が則長に「あはれを知らん人もがな」と呼びかけた時、その母の清少納言に思いを馳《は》せていたのではないだろうか。

　文章生以降の則長の人生を辿ろう。四十歳から四十三歳まで蔵人《くろうど》を勤め、橘義通（06）が治安三年（一〇二三）十一月二十五日に宇佐使《うさのつかい》として派遣された時には、自分が翌年叙爵《じょしゃく》されることを思って歌を詠んでいる。

　*別《わか》れ路《ぢ》に立つ今日よりも帰るさをあはれ雲居《くもゐ》に聞かむとすらん

その後掲出歌のように長門守となり、長元六年（一〇三三）正月に越中守《えっちゅうのかみ》に

二十巻本和名抄五「豊浦〈止与良〉」今の下関市。○とよられよ―「とよる」は、しばし立ち寄る。

*橘則長《のりなが》―天元五年（九八二）―長元七年（一〇三四）。五十三歳。従四位下陸奥守則光一男、母清少納言。寛仁元年（一〇一七）十一月非蔵人進士讃岐掾。治安元年正月補蔵人、元非蔵人進士。八月廿九日図書権助。二年三月廿九日修理亮。三年二月式部丞。万寿元年正月叙従五位下、長元六年正月越中守、七年任所にて卒す（三巻本『枕草子』勘物）。

*中古歌仙三十六人伝―12脚注参照。

*越後守則長―和泉式部集・三二九。「のりなが」を詳細は略すが、本書は則長に比定する。

*聞かせばや……―和泉式部

転じ、翌七年五十三歳で任地に没した。弟の季通《すえみも》はその死を悼《いた》んで

思*ひ出づ《い》や思ひ出づるに悲しきは別れながらの別れなりけり

という歌を相模*に贈っている。

万寿の頃公資（09）の妻であった相模が則長《のりなが》と詠み交わした歌が流布本『相模集』（一一二・一一三）にある。

はやう見し人の馬にてあひたるに

綱《つな》絶えてひき放れにし陸奥《みちのく》の尾斑《をぶち》の駒をよそに見るかな　相模

返し

そのかみも忘れぬものを蔓斑《つるぶち》の駒必ずもあひ見けるかな　則長

贈った相模の歌の詞書が『後拾遺集』（雑二・九五四）に「橘則長、父の陸奥守《みちのくのかみ》にて侍りける頃、馬に乗りてまかり過ぎけるを見侍て、男はさも知らざりければ、又の日遣はしける」とあり、詞書の照応から「はやう見し人」は則長であることが判明する。相模は、則長を「はやう見し人」と言っており、公資との結婚以前二人は浅からぬ関係にあったらしい。

「相模」という女房名が公《おおやけ》に初めて表れるのは、長元八年（一〇三六）高陽院水《かやいんすい》閣歌合《かくうたあわせ》である。それ以前の同元年頃、相模は入道一品宮脩子内親王《にゅうどういっぽんのみやしゅうしないしんのう》家に

集・三二九。

*別れ路に……—後拾遺集・別・四七八。

*思ひ出づ《い》や……—後拾遺集・哀傷・五六〇。

*相模—01脚注参照。相模集については11で述べる。

出仕《しゅっし》したと思われるが、一条《いちじょう》天皇皇女脩子内親王は清少納言が仕えていた定子《ていし》皇后の長女である。相模が出仕するに当たっては、必ずや清少納言の子息則長の心配りがあったと思われる。同じく『相模集』には長元六年頃、昔親しくしていて今は「よそなる人」と詠み交わした*一連の歌がある。右の万寿の頃の贈答歌では、則長が「綱絶えてひき放れにし」と駒に喩《たと》えられていて、一連の歌の「放れにし駒」「なつけむ駒」と喩えているのに通じる。放れにし駒「よそなる人」は、綱絶えてひき放れにし駒と喩えられた則長であろう。長元五年末に公資が遠江守となり別の女、広経母を伴って下って行った後、則長が相模のことを気遣《きづか》って歌を贈ってきたのであろう。その則長は翌長元七年に没する。

『相模集』巻末「秋たちて」に始まる長歌の後の補遺四首は、相模にとって思い出深い歌であろう。その一首に、様子を問うてきた「ある男」へ*相模が返した歌がある。この「あれゆく駒」荒れて離れてゆく馬に喩えられた「ある男」も則長であろう。後に付け加えたであろう四首の中に、「離《か》れ離《が》れになりゆく人」*公資《きんより》にあてた歌と並んでその歌があることは、則長が相模にとって忘れ難い人物であったことを思わせる。

*一連の歌―流布本相模集・二〇一〜二〇六。

*相模が返した歌―「野飼はねどあれゆく駒をいかがせむ森の下草さかりならねば」（流布本相模集・五九五）。後拾遺集・雑一・八八一にも。

*公資にあてた歌―「夕暮は待たれしものを今はただ行くらむ方を思ひこそやれ」（同右・五九六）。玄玄集・相模一首・一六〇、三奏本金葉集・恋・三七五、詞花集・雑上・二七〇にも。

11

蜘蛛《さゝがに》の糸にかゝれる白露《しらつゆ》は荒れたる宿の玉《たま》すだれかな

［相模］

【出典】能因集・中・九九

――蜘蛛《くも》の張った糸に白露が幾つもかかっているのは、荒屋《あらや》にふさわしい玉簾《すだれ》のようだよ。――

万寿元年（一〇二四）秋、能因三十七歳の詠。詞書の「蜘蛛《さゝがに》のい」は蜘蛛《くも》の巣、蜘蛛が糸を張ってつくった網のこと。朽ちこぼれた様《さま》や、人の途絶《とだ》えた様などに用いることが多い。この歌も、荒屋の蜘蛛の糸に白露がかかった様子を玉簾に喩えたもの。荒屋の簾に雨の滴《しずく》のかかった様を玉簾に喩えたものに藤原定頼《さだより》*の「雨にいと荒れのみまさる故郷《ふるさと》に思ひもかけぬ玉簾かな」がある。定頼は相模が思いを寄せたこともある名門の貴公子である。

【詞書】蜘蛛のいに露のかゝれるを見て

【語釈】○さゝがに―蜘蛛の異称。さゝがにとは、くもをいふ（能因歌枕広本）。○玉すだれ―珠玉で飾った美しい簾。蜘蛛の巣を簾に、露を玉に見立てたもの。

「蜘蛛《さゝがに》」と「白露の玉」を詠んだ歌に、師藤原長能の、寛弘二年（一〇〇五）八月三日の花山院歌合《かざんいんうたあわせ》に用意した「蜘蛛《さゝがに》の巣《す》がく葉末《すゑ》の浅茅《あさぢ》より乱れてかかる白露の玉」、同七年下総権守《しもふさごんのかみ》の任終わり、散位《さんい》となった源道済《みちなり》＊の「蜘蛛《さゝがに》の糸手《て》にかけて白露を玉にも貫《ぬ》くか妹《いも》が暇《いと》なき」がある。師長能が六年、兄事《けいじ》した嘉言が七年に亡くなり、その後、橘永愷《ながやす》（能因）は、同四年夏に交遊の始まった道済に急速に近づいていったと思われる。『道済集』に二首見られる能因を示す「橘入道」「東山橘入道」と詞書する歌は、同八年の春と秋に詠まれており、永愷が道済と交遊を深めた証左《しょうさ》となるが、「蜘蛛の糸」歌は、その秋の歌の前、両歌に挟まれた位置にある。能因が掲出の「蜘蛛の糸」歌を詠んだ時、道済の恋の優美な感覚を詠んだ表現は念頭にあったであろう。

　ところで、左掲《さけい》の相模の歌に、能因と上句《かみのく》が同じで「くものゐに、露のかゝれるを」という詞書もほほ同じ万寿二年秋の作がある。「津の国に住む児屋《こや》の入道、歌物語《うたものがたり》など大方に言ふ人なりけり、門《かど》の前をわたるとて、「急ぐ事ありてえ参らず、何事か」と言ひたれば」と詞書する二人の親しさ、心安さの感じられる流布本《るふぼん》『相模集』一八五番歌「難波人急がぬ旅の道ならばこやとばかりも言ひはしてまし」が教えるように、「津の国に住む児屋《こや》の入

＊藤原定頼―長徳元年（九九五）―寛徳二年（一〇四五）正月十九日。五十一歳。中古三十六歌仙の一人。四条大納言公任男。母は四品昭平親王女。四条中納言とよばれた。家集『定頼集』がある。

＊源道済―安和元年（九六八）頃―寛仁三年（一〇一九）。光孝源氏前陸奥守信明孫。能登守方国男。文章生、蔵人、式部大丞、下総権守、正五位下筑前守兼太宰少弐に至り、任地で死去。中古三十六歌仙の一人。家集に『道済集』。大江以言に師事。12 18 22 27 30参照。

道」能因と相模は昵懇《じっこん》であった。12で寛弘六年に対馬《つしま》に下向する嘉言と二人が歌を詠み交わしているから、交遊はこの頃まで遡《さかのぼ》るのだろう。

*さゝがにの糸にかゝれる白露は常ならぬ世に経る身なりけり

能因の歌が白露の美しさを玉簾に見立てた情景描写であるのに対し、夫公資の夜離《よが》れ故の深い悩みと、夫と定頼の間を揺れ動く自己の気持を詠んだ小家集*『異本相模集』の中で、その白露に不安な我が身をよそえていて、心《しん》象《しょう》風景となっている点、相模の方が表現技巧《ひょうげんぎこう》というよりも、題意《だいい》の捉え方が深く、歌の取り組み方において一歩抜きんでているように思う。

相模の歌才《かさい》を愛して結婚した公資《きんより》は、中秋の明月につけ、野分《のわき》につけ相模に手紙をよこしている（流布本『相模集』七三・七四）。勅撰歌人《ちょくせんかじん》で、歌合にも出詠する程の力量をもっており、「*公資が妻《め》と諸共に来て、枕乞へば、出《い》だしたるに、……」と和泉式部が言うように、相模と二人して式部の家に泊まりに行って、歌を詠み交わしている。公資は歌人としての相模を認めていた、むしろ理解のある夫であった。二人して下向した相模国からの万寿二年初夏の上洛以降、別の女、広経母を伴って遠江国へ赴任して行った長元五年（一〇三二）末まで、七年間次第に遠くなりながらも細々と関係は続いてい

*さゝがにの……―蜘蛛の糸にかかっている白露の危うげな様は、この無常の世に生きてゆく我が身だったのですねえ（異本相模集二）。

*異本相模集―自撰三十首。夫大江公資との離別に発する憂愁を中心とする、万寿二年秋頃から翌年秋頃までの詠草を集めた小家集。

*公資が妻と……―和泉式部集五二二詞書。

た。その相模と公資の決定的離別は、右の『異本相模集』が長元三年頃世に出たことによろう。それが評判になり、離れゆく夫を嘆く相模の思いが知れわたることになり、公資もまた身の置き所もない思いを抱いたのではなかろうか。

能因（永愷）は長能を師とし、嘉言、道済らを先達としており、和歌一筋に賭けて努《つと》めた、数奇に徹した人間であった。彼が編んだ『能因集』は、たとえば0102で見た伊予歌群を、十余年前に陸奥国から連れて来た愛馬が亡くなったことをモチーフとする連作で始め、馬との別れを暗示する二首の歌で結んだように、歌と歌とが緊密《きんみつ》な関連をもって構成されている。相模も*曾禰《そね》好忠《よしただ》、母の従姉*賀茂保憲《かものやすのり》女、*源重之《しげゆき》女、和泉式部たちに学んだ形跡があり、自己の悩みや苦しみを素材として、短歌に盛り込み切れない思いは百首歌《ひゃくしゅうた》や長歌《ちょうか》に託して表現し、それらの歌を、形式による構成と時間的配列を融合《ゆうごう》させて、夫公資との関係を軸にその破局までの前半生を記録した家集、*流布《るふ》本《ぼん》『相模集』に集大成した。相模はそういう力量を具《そな》えた歌人であった。能因は、そのような相模に人生を賭けている姿勢を読み取り、歌人として切磋《せっさ》琢磨《たくま》するに相応《ふさわ》しい同志とみたようだ。

*曾禰好忠―18参照。

*賀茂保憲女―生没年未詳。正暦四年（九九三）頃、疱瘡で死んだと伝えられる。病中、長文の序を持つ家集『賀茂保憲女集』を編む。

*源重之女―生没年未詳。家集『重之女集』がある。

*流布本『相模集』―最多歌数をもつ浅野家本で五九七首。相模の前半生の詠草を集めたもの。初めに連作を置き、中に贈答歌、生活詠を配し、後半は、三群の百首歌・長歌を収める。序文によれば自撰。

12

あはれ人今日《けふ》の命を知らませば難波《なには》の葦《あし》に契《ちぎ》らざらまし

［大江嘉言］

【出典】能因集・上・三六、新古今和歌集・哀傷歌・八二三

ああ、貴方が、もし今日までの命と知っていたならば、対馬守として下向する時に「今かへり来ん」と難波の葦に約束などしなかったであろうに。

11で見た相模は大江嘉言《よしとき》[*]が対馬守《つしま》[*]となって下向するに際し、知人の代作をした。その歌が『後拾遺集』別《わかれ》部にあり、嘉言の歌が続く。その嘉言の歌は『能因集』では「嘉言対馬になりて下るとて、津の国のほどよりかく言ひおこせたり」と詞書する、橘永愷への贈歌であり、永愷の返歌がある。

命あらば今帰《かへ》り来《こ》ん津の国の難波堀江《なにはほりえ》の葦の裏葉《うら》に　嘉言[*]

難波江の葦の裏葉《うら》も今よりはたゞ住吉の松と知らなん　永愷

【詞書】嘉言、対馬にて亡くなりにけりと聞きて

【語釈】○難波の葦―難波は「葦をば難波に詠むべし」（能因歌枕広本）とあるように、「葦」の名所。ここは、嘉言の歌の「難波堀江の葦」を指す。

その一年後の寛弘七年（一〇一〇）嘉言が僻遠《へきえん》の任国対馬で亡くなった時に、掲出歌は詠まれた。『新古今集』（哀傷歌・八二三）に、詞書「大江嘉言、対馬になりて下るとて、難波堀江の葦のうら葉にとよみて下りにけるほどに、国にて亡くなりにけりと聞きて」として入集する。「命あらば今帰りこん」と約束して別れたが、それが永遠の別れとなってしまった。対馬下向時の嘉言の歌「命あらば」と併《あわ》せ読むと、哀感《あいかん》の迫ってくる歌である。嘉言は命に敏感、人を思う心が切で、まだ対馬守として下向する以前、田舎で病臥《びょうが》していた時、都の友人に「露の命惜しとにはあらず君をまた見でやと思ふぞ悲しかりける」を贈っている。『拾遺集《しゅういしゅう》』（雑上・五〇一）に採られているので、寛弘二年以前の作である。永愷（能因）は、前年、師藤原長能《ながとう》を失い、今また兄事《けいじ》した嘉言を亡くした。和歌における重要な先達《せんだつ》二人を次々に失って、暗澹《あんたん》たる思いを抱いたことであろう。掲出歌以降*、能因の周辺では、「難波の葦」は嘉言を象徴するものとなった。

『袋草紙』*雑談《ぞうだん》に「和歌は昔より師なし。而して能因、始めて長能《ながたふ》伊賀守なり。を師となす」で始まる挿話《そうわ》がある。永愷が長能に入門の当初寛弘三年頃、手本とすべき歌を尋ねたところ、長能は嘉言の歌

＊大江嘉言―一時弓削氏を名乗ったが、のち大江氏に復した。天徳二年（九五八）頃―寛弘七年（一〇一〇）。中古三十六歌仙の一人。大隅守弓削仲宣男。正暦三年十二月十九日為文章生。長保三年正月廿四日弾正少忠于時弓削。寛弘六季正月廿八日任但（対イ）馬守于時弓削。造弾正台功。七年卒（『中古歌仙三十六人伝』）。09参照。

＊対馬―長崎県北部。福岡市との海上距離は132キロ、韓国釜山との距離は53キロ。

＊命あらば…―能因集・上・三二・三三。

＊掲出歌以降…―寛仁三年（一〇一九）正月の「心あらん人に見せばや津の国の難波の浦の春の景色を」（能因集・中八三）、永承六年（一〇五一）の家経と能因との贈答歌。家経「ふりすてて君しもゆかじ難波潟葦のつのぐむ春

*山深み落ちて積もれる紅葉葉《もみぢは》の乾《かは》ける上に時雨《しぐれ》降るなり

を示したという。嘉言が永愷の先達として長能《ながとう》周辺にあったことがわかり、『能因集』に窺われる二人の濃《こま》やかな交流や、能因の実作の有り様を併せ考えると、永愷が長能に師事したのも、嘉言が長能に師事していたからであろう。三十歳ほど年長の嘉言よりも、やはり先達として知られる道済《みちなり》との方が年齢は近いが、*『中古歌仙三十六人伝《ちゅうこかせんさんじゅうろくにんでん》』に拠れば、道済は文章生《もんじょうしょう》を経て長徳《ちょうとく》四年（九九八）正月二十五日宮内少丞に任ぜられており、永愷が接する機会は無かった。それに比し、寛弘年間に文章生であった永愷は（10参照）、長保《ちょうほう》二年（一〇〇〇）十三歳で大学寮に入学したと考えられるから、正暦《しょうりゃく》三年（九九二）十二月十九日から長保三年正月二十四日弾正少忠に任ぜられるまで文章生であった嘉言とは、一年とはいえ同窓としての空間を共有していた。嘉言次兄正言《まさとき》が寛弘三年（一〇〇六）以後大学の允《じょう》の職にあったことも嘉言に近づく因《いん》となったであろう。

*嘉言の歌を『能因集』の中に追ってゆくと、寛弘二年秋の嘉言二回目の東国への旅に交わした返歌《へんか》（19）、同四年夏の道済家の歌会で共に詠んだ歌、同五年春、長楽寺での正言も交えての歌会歌、右掲寛弘六年の対馬下向に際

も来ぬるに」能因「命あらば世語りにせむ思ひ出で〻難波の浦にあへる君かな」（家経朝臣集・一〇五・一〇六）など。

*袋草紙―09参照。

*山深み……―嘉言集・一五一。玄玄集・九六、三奏本金葉集・冬・二六四、詞花集・冬・一四四、16参照。

*中古歌仙三十六人伝―藤原範兼による歌仙歌合形式の秀歌撰『後六々撰』に選ばれた歌人「中古三十六歌仙」の略伝を漢文体で記したもの。歌仙の下限は後拾遺集初出歌人。

*嘉言の歌を……―能因集・上・一二・二五・二六・三二。

しての難波の葦にこと寄せた贈歌《ぞうか》がある。寛弘二年と六年の贈答歌は、両者とも嘉言が旅立つ身であった故であろうか、嘉言の歌のほうが優れている。が、永愷は嘉言に触発され、吸収し、めざましい成長を遂げる。『新古今集』に採られた掲出歌を詠んだ時、永愷はまだ二十三歳であった。

右の道済家歌会で、人々が永愷の歌を第一席としたとの注記のある、

　*いかならむ今宵の雨に常夏の今朝だに露の重げなりつる

は、嘉言の「*春の夜の明けもはてなば出《い》でてみむ今宵の雨に花咲きぬらん」に拠ったものであるが、寛弘七年の嘉言死後も、能因は彼の歌から示唆を得ている（08 25参照）。寛仁《かんにん》三年（一〇一九）正月の有名な（09 18 20参照）、

　心あらん人に見せばや津の国の難波の浦の春の景色を

は、嘉言の「*心あらむ人に見せばや朝露に濡れてはまさる撫子の花」を踏まえており、長元八年（一〇三五）夏の「関白殿歌合十首」（29参照）「祝《いはひ》」題歌

　*君が世は白雲かゝる筑波嶺《つくばね》の峰のつゞきの海となるまで

も、正暦四年五月五日の東宮居貞親王「帯刀陣《たちはきのぢん》歌合」の嘉言作「祝」題巻頭歌「*君が代は千代に一《ひと》たびゐる塵の白雲かかる山となるまで」に基づく。

能因が嘉言の切り拓《ひら》いた歌から学び取ったものは大きい。


*いかならむ…—能因集・上・二〇。藤岡作太郎が能因の歌として三首挙げた内の一首（『国文学全史平安朝篇』）。

*春の夜の…—嘉言集・一一。

*心あらん人に見せばや朝露に—嘉言集・一二三。

*君が世は白雲—能因集・下・一六八。

*君が代は千代に—嘉言集・四三。後拾遺集・賀・四四九にも。

13

藻塩《もしほ》やく海辺《うみべ》にゐてぞ思ひやる花《はな》の都《みやこ》の花の盛《さか》りを

［藤原長能］

【出典】能因集・下・二四二

藻塩草を焼いているこの伊予の海辺にいて、遥かに思いを馳せていることだよ。雅《みやび》で華《はな》やかな都の花の盛りを。

09 11 12で永愷《ながやす》（能因）は藤原長能《ながとう》を師としていることに触れた。『能因集』には、寛弘四年（一〇〇七）秋七夕《あきたなばた》の頃、長能家で詠んだ織女《しよくじよ》と恋の歌二首がある。永愷が長能の門を叩いて入門師事したのは、同三年頃と思われる。長能は同六年に亡くなるが、以降能因は終生、長能を師と仰いだ（32参照）。その長能に「上総《かずさ》より上《のぼ》りての春、則理《のりまさ》が家にまかりて、人〳〵酒飲《の》みしついでに」と詞書する「都の花」を詠んだ歌がある。

【詞書】与州《よしゆう》ニ至リテ、洛陽《らくやう》ノ花ヲ憶フ。

【語釈】○藻塩やく―海藻を簀の上に積み、潮水を注ぎかけて塩分を多く含ませ、これを焼く。製塩法。

＊藤原長能―「ながよし」とも。天暦三年（九四九）―寛弘

*東路《あづまぢ》の野路《のぢ》の雪間《ゆきま》を分けてきてあはれ都《みやこ》の花《はな》を見るかな

能因が長久《ちょうきゅう》五年（一〇四四）春「与州《よしゅう》ニ至リテ、*洛陽《らくやう》ノ花ヲ憶フ」と詞書して「花の都の花」と詠んだ時、脳裏には師、長能の右の歌があったと思われる。長能は、『中古歌仙三十六人伝』に拠れば、正暦二年（九九一）四月二十六日に上総介《かずさのすけ》となっており、長徳《ちょうとく》元年（九九五）を任終として、任期を終えて上京した翌二年春四十八歳の詠であろう。「東路」は、東海道・東山道《とうさんどう》など、東国《とうごく》への道。「野路」は野の道。任地上総あたりの東国の道を言ったものと考えられる。「雪間」は、降り積もった雪の間。東国は雪深いという印象がある。上句は東路をたどる苦しさをいい、下句は都に帰り、都の花を再び見ることができた喜びをいう。鄙《ひな》の雪と都の花が対比され、都に帰った喜びの溢れた歌である。

さて、都から帰ったばかりの鄙の地、伊予の藻塩焼く海辺にあって、なお都の花が脳裏を離れないという能因の歌をみよう。『能因集』には「上洛之間、海上乃詠」「高砂《たかさご》の松《まつ》」「磯《いそ》の泊《とまり》にて、夕日《ゆふひ》を」「河尻《かはじり》にて、京の方《かた》を見《み》やりて」と、上洛途中の詠が続き、長久四年秋の「京にて、*好事《かうず》七八人許《（ばかり）》、月の夜客にあふといふ題《だい》を詠《よ》むに」、翌五年春の「備中前司」藤原兼房の

六年（一〇〇九）頃没か。中古三十六歌仙の一人。正四位下藤原倫寧《ともやす》の二男で、母は源認の娘。「蜻蛉日記」作者道綱母の異母弟。帯刀先生《たちわきせんじょう》、右近将監《うこんしょうげん》、左近《さこん》将監、蔵人、近江少掾《おうみしょうじょう》、図書頭《ずしよのかみ》、上総介を経て、従五位上伊賀守に至る。花山院の拾遺集編纂に協力したと思われる。能因の師となり、歌道師承の初めとされる。18 22 27参照。

*織女と恋の歌二首―能因集・上・二一・二二。

*上総―今の千葉県の一部。

*東路の野路…―長能集・七二（私家集大成に拠る）、詞書「上総より上りて侍りける頃、源頼光が家にて、人々酒たうべけるついでに」（拾遺集・雑春・一〇四九）。

*洛陽―中国河南省北西部の都市。後漢・西晋・北魏などの首都となり、隋・唐代

「四条の家《いへ》のいとをかしう見《み》ゆるに」といった都での好事との交歓《こうかん》の後に、伊予国に到着して詠んだ「藻塩《もしほ》やく」の歌が位置する。

歌語《かご》「花の都」は、外側から都を把握《はあく》した表現である。『能因集』に二例ある能因の「花の都」は、その捉え方が異なる。下巻に位置する掲出歌は、長暦四年（一〇四〇）春、藤原資業《すけなり》*の伊予守赴任に従って下向し、南海道《なんかいどう》伊予国に暮らしていた老年期のもの、中巻に位置する一一五番歌は、畿内《きない》摂津国に住まいしていた壮年期、四十二歳の能因が再度陸奥へ赴き、著名な歌枕に代表される東国の風景をくまなく訪ね歩いた後、出羽の象潟《きさかた》に三年近く閑居《かんきょ》した時の「わび人は外《と》つ国ぞよき咲きて散る花の都はいそぎのみして」（24）である。幽居《ゆうきょ》する「わび人」能因にとって、「花の都」は、あわただしく花が咲き散る場所であった。しかし、都から帰ってきたばかりの五十七歳の能因にとって、「花の都」は花の美しく咲く所。雅《みや》びの中心として、望郷《ぼうきょう》の念をよびおこさせるものであった。

資業にも長久四年（一〇四三）暮に詠まれたと推察される歌*がある。

伊予国より十二月の十日ころに
舟に乗りて急ぎまかり上りけるに

には西の長安に対し東都として栄えた。それを日本の都に転用し、ここでは、京都（平安京）の異称。

＊好事―すきもの。一つのことに傾倒する余り平衡感覚を失した者。

＊藤原資業―14で見る。

＊歌―後拾遺集・羇旅・五三一。

急ぎつつ船出ぞしつる年の内に花の都の春にあふべく

資業の感懐は、能因のものでもあったろう。資業は、能因の後を追うように上洛したのかもしれない。

「花の都の花」という表現は、管見では、能因の掲出歌も含め三例のみ。歌語「花の都」は拾遺集時代ごろから用いられはじめ、『後拾遺集』には、源重之、『能因集』上巻（五〇）にもある大江正言《まさとき》*、右の藤原資業など六例も見られる。春の花の印象で形成された華やかな雰囲気の「花の都」。そこに、斬新《ざんしん》さを狙って華やかさを極める都の象徴として「花の都の花」という成句が生まれたのであろう。初出は、長元元年（一〇二八）、前掲兼房（04）が丹後守として赴任する折に、源経信の兄経長《つねなが》が遣わした歌*である。

君憂《う》しや花の都の花を見で苗代水《なはしろみづ》に急ぐ心よ

花と苗代水で都鄙*《とひ》を対照《たいしょう》し、その断層に離別《りべつ》の寂しさを表す。次に能因の掲出歌があり、天喜《てんぎ》六年（一〇五八）の晩春に催されたと推測される禖子《ばいし》内親王家庚申《こうしん》夜歌合に、左方の斎院《さいいん》（禖子）女房中務《なかつかさ》が「帰雁」題で詠んだ歌が続く。

かき連《つら》ね帰る雁《かり》がね霞わけ花の都の花を見すてて

*大江正言―故郷《ふるさと》の花の都に住みわびて八雲《やくも》立つてふ出雲へぞ行く。24参照。

*歌―金葉集・別離・三三四。兼房の返歌「よそに聞く苗代水にあはれわがおり立つ名をも流しつるかな」（金葉集・別離・三三五）。

*都鄙を対照―兼房は、丹後以降、備中・美作・播磨・讃岐の国司を歴任する。このような感懐は、幾度も味わったことであろう。

14

有度浜《うどはま》に天《あま》の羽衣《はごろも》むかし着て振《ふ》りけむ袖や今日《けふ》の祝子《はふりこ》

［藤原資業］

【出典】能因集・下・二三二、後拾遺和歌集・雑六・一一七二

駿河の有度浜に、天の羽衣を着た天女が昔舞い降りて袖を振って舞ったというのが、今日の祝子の舞であろうか。まるで天女が天降った昔のようだ。

【詞書】本文参照。○東遊―東国の風俗歌に合わせた舞が平安時代に宮廷に取り入れられ、神社等でも行なわれた。駿河舞などから成る。

【語釈】○有度浜―『能因歌枕』駿河《するが》国に「有度浜《うどはま》」と見える。○祝子―祝（神に

『能因集』下巻の春「青柳」から冬「鷹狩」までの題詠歌十首は長久四年（一〇四三）藤原資業《すけなり》家歌会の歌であろう。十首の内、「東遊《あづまあそび》を見て」と題する右の歌は『後拾遺集』に「式部大輔《しきぶのたいふ》資業伊与守にて侍ける時かの国の三島の明神に東遊びして奉りけるによめる」とあり、「紅葉」題歌は『万代集《まんだいしゅう》』（秋歌下・一二〇六）に「式部大輔資慶家歌合に」と詞書する。『万代集』は他にも資業を「資慶」としており、資業の誤りである。

東遊は有度浜に天女が天降《あまくだ》って舞い遊んだのを舞曲《ぶきよく》にしたという伝承がある。その有度浜の北東は富士山を望む白砂青松の景勝地三保松原《みほのまつばら》に連なる。歌は「うどはまに」「あまのはごろも」と初・二句にア段音を連続し、「むかしきて」「ふりけむそでや」「けふのはふりこ」と初・三・四句の句頭他《ほか》にウ段音を繰り返し、初・二・四・結句にハ行音が続く。軽やかなリズムと、「振りけむ袖」という能因の表現に天女の舞姿がイメージされる。

資業は長保五年（一〇〇三）十一月十九日文章得業生《もんじようとくごうしよう》となり、寛弘三年（一〇〇六）正月式部少丞《しきぶのしようじよう》に任ぜられている。長保二年（一〇〇〇）十三歳で大学寮に入学した永愷《ながやす》（能因）とは同年《おないどし》であり、五年間学窓で共に勉学に励んだと思われる。能因が出家後はじめて晴儀《せいぎ》歌合、長元八年（一〇三五）五月十六日の藤原頼通《よりみち》主催＊高陽院水閣歌合《かやいんすいかくうたあわせ》に登場したのは、同じく出詠の資業の尽《じん》力《りよく》であったと思われる。永承年間の四年（一〇四九）十一月九日の内裏《だいり》歌合（31）、同五年六月五日の＊祐子《ゆうし》内親王家歌合に両人とも出詠。その間の長暦・長久・寛徳期には、資業の任地伊予に同行し、「長久二年ノ夏、天旱有《てんかんあ》リテ降雨無シ、仍《よ》リテ和歌ヲ詠ミテ霊社ニ献ズ、神感《しんかん》有リテ、廼《すなは》チ甘雨《かんう》一昼夜ヲ施《ほどこ》ス」と詞書する有名な祈雨《きう》の歌を詠み、

仕える人）の歌語。巫女。「かむ人をば、はふりといふ」（能因歌枕広本）。

＊題詠歌十首—二二四青柳〜二二七紅葉〜二三三鷹狩。

＊藤原資業—永延二年（九八八）—延久二年（一〇七〇）。八十三歳。参議藤原有国男。母は一条天皇乳母・従三位橘徳子。文章博士、式部大輔、従三位。永承六年二月出家。日野に隠棲した。

＊高陽院水閣歌合—資業は和歌題を献じ、漢文日記を執った。29参照。

＊祐子内親王家歌合—式部大輔藤原資業の漢文日記を具備する。32参照。

*天の川苗代水にせき下せあま下ります神ならば神

「大守」伊予守資業《すけなり》が一時上洛するのを伊予に残って見送る。

事《こと》繁き都なりともさ夜ふけて浦に鳴く鶴《たづ》思ひおこせよ

資業の任終により帰洛後の寛徳二年（一〇四五）秋に二人は、*錫杖《しやくじよう》歌

我はたゞ哀《あは》れとぞ思《おも》ふ死出《しで》の山ふりはへ越《こ》えむ杖《つゑ》と思《おも》へば

世を救ふ三世の仏の杖なれば導くことを頼むべきかな

を藤原兼房（04）に依頼されて、伊勢大輔、藤原家経《いえつね》、藤原範永《のりなが》、明尊《みようそん》らと詠んでおり、永承七年まで存生の確認される能因は、その生涯を通じて資業と深く交わった。能因男元任《もととう》にも「七月七日式部大輔資業がもとにてよめる」という歌（詞花集・秋・八四）がある。能因が相模と共に永承五年六月五日祐子内親王家歌合に出詠しながら、同六年五月五日の内裏《だいり》根合《ねあわせ》には彼女のように出詠しなかったのも、資業が永承六年二月十六日に出家したからではないだろうか。能因は資業に敬意を表して『玄玄集』に「資業二首」を選び入れた。一首目「高砂」、二首目「故郷をおもふ」と詞書する。

紅《くれなゐ》に立つ白波の見えつるは山の彼方《あなた》の入り日なりけり

舟出して幾日《いくか》になりぬ故郷《ふるさと》は山見ゆばかり今日ぞ来にける

＊天の川……―能因集・下・二一一。付録エッセイ参照。後に西行もこの歌を踏まえて、止雨の歌を詠んだ。

＊錫杖歌―人を善導するという法具の錫杖をテーマにした釈教歌。伊勢大輔集・一二一に拠れば、兼房が企てたもの。我はたゞ……―能因集・下・二五五。世を救ふ……―万代集・釈教歌・一七二九・資業。

右に範永が資業と共に錫杖《しゃくじょう》歌を詠んでいることをみた。*範永は長久五年六月に亡くなった*六人党の牽引《けんいん》役*源頼実《よりざね》の欠《けつ》を埋めるように、尾張守《おわりのかみ》の任を終えて帰洛、寛徳二年四月二十八日に大膳《だいぜん》大夫に任ぜられた。彼は頼実亡き後の六人党の随一となる。資業はこの範永と*蔵人所《くろうどどころ》を通じて交流があった。王朝人《おうちょうびと》の風雅《ふうが》の実体の窺われる挿話を*藤原公任《きんとう》男定頼の*『四条中納言定頼集』より紹介しよう。寛仁二年(一〇一八)中秋八月十七日の月夜に、三十一歳の五位蔵人資業は、名月に誘われ、二十四歳の蔵人頭定頼に伴われて、二十六歳頃の六位蔵人範永ら蔵人一同と同車《どうしゃ》して、秋草や虫の名所として知られる嵯峨野《さがの》の広沢池《ひろさわのいけ》近くの遍照寺に遊んだ。そこで定頼、次いで資業、範永が歌を詠み、定頼が結びの一首を詠んだ。あたりはもう暁《あかつき》になっており、「池の上の月」という詩を誦《ず》して帰ったという。『袋草紙』は、後日定頼がこの時の詠草を北山隠棲中《きたやまいんせいちゅう》の父公任の許に送ったところ、公任はこの*範永の歌にいたく感嘆して「範永誰人ぞや。和歌その体を得たり」と絶賛したと伝える。資業と範永の歌を味わっていただきたい。

山の端《は》に入りにし月はそれながら眺《なが》めし人ぞ昔なりける　資業

住む人もなき山里の秋の夜は月の光もさびしかりけり　範永

＊範永―30の脚注参照。
＊六人党―16の脚注29参照。
＊源頼実―16 29参照。
＊蔵人所―天皇と太政官八省との間に立つ重要な機関。
＊藤原公任―31参照。
＊四条中納言定頼集―藤原定頼(11参照)の家集。三人の歌二九～三二は長文の中に連続して載る。
＊範永の歌―能因も『玄玄集』巻軸歌(一六八)に「遍照寺の月を」として選び入れ、『後拾遺集』(秋上・二五八)にも「広沢の月を見てよめる」として入集する。

15

昔こそ何《なに》ともなしに恋しけれ伏見《ふしみ》の里に今宵《こよひ》宿りて

［伏見里］

【出典】能因集・上・一三、玉葉和歌集・旅歌・一一八二

昔のことどもが何故という事もなく恋しく思われるよ。古歌にうたわれた伏見の里に今夜宿っていると。

能因の知友《ちゆう》について見てきた。その知友を頼った能因の旅は、三河（愛知）・遠江（静岡）・美濃（岐阜）・伊予（愛媛）・備中（岡山）の国々に及んでいた。平安時代も後期に入ると、六人党歌人ら、和歌史の上で清新《せいしん》な叙景《じょけい》歌《か》に見るべきものが出てくる。能因の旅の実体験を経て詠んだ歌々は、その先駆《せんく》となっていよう。

ここより『能因集』に沿って、まだ橘永愷であった若きころの歌を取り上

【語釈】○伏見の里―里を詠ば、信夫の里、伏見の里、生田の里などよむべし（能因歌枕広本）。大和国の歌枕。京都の伏見ではなく、奈良市中西部の古地名。現在の奈良市菅原町はその一部。

げてゆく。彼が京の都に住んでいた寛弘三年（一〇〇六）ころ、大和の長谷寺《はせでら》*、龍門寺《りゅうもんじ》、摂津の住吉《すみよし》、長柄《ながら》の橋を詠んだ羇旅歌群《きりょかぐん》がある。「長谷《はせ》寺に詣《まう》づとて、伏見《ふしみ》の里に宿りして」と詞書のあるこの歌はその第一首。その旅で味わった、なんとなく昔が恋しいという気持ちを詠んだもの。伏見の里は『古今集』*以来の歌枕であり、『古今集』（雑歌下・九八一）や『後撰集《ごせんしゅう》』*（恋六・一〇二四）の歌に見るように、荒廃の印象が伴なう。

　題しらず　　よみ人しらず

いざここにわが世は経《へ》なむ菅原《すがはら》や伏見の里の荒れまくも惜し

　菅原の大臣《おほいまうちぎみ》の家に侍りける女に通《かよ》ひ侍りける男、

　仲絶えて、又とひて侍りければ　　よみ人しらず

菅原や伏見の里の荒れしより通ひし人の跡も絶えにき

若き永愷の歌は、これらを踏まえた上で、荒廃感《こうはいかん》をもたらした時間を「昔」と把握することによって、懐旧《かいきゅう》の感慨へと転換している。

19「東路」以降の陸奥への現実の旅によって、新たな印象の加わった歌枕が和歌に新風を持ち込む歌語となり、歌の定型を超えて行く資質のひらめきが十九歳の永愷にすでに認められる。

*長谷寺―奈良県桜井市初瀬《はっせ》にある真言宗豊山派《ぶざんは》の総本山。本尊の十一面観世音菩薩は貴族、特に女性の信仰が厚かった。

*古今集―01の脚注参照。

*後撰集―第二番目の勅撰集。二〇巻。平安中期の天暦五年（九五一）、村上天皇の勅命で和歌所が置かれ、藤原伊尹が別当に、梨壺の五人が撰者となった。私的な贈答歌が多く、歌物語的な傾向が見られる。

16

神無月《かんなづき》寝覚《ねざ》めに聞けば山里《やまざと》の嵐の声は木《こ》の葉なりけり

［落葉の音］

【出典】能因集・上・三八、後拾遺和歌集・冬・三八四

十月のころ、ふと寝覚めて耳を傾けると、この山里に吹く嵐の音と思ったのは、木の葉の散る音であったよ。

伏見の里詠から四年ほどたった寛弘七年（一〇一〇）、橘永愷《ながやす》（能因）二十三歳ころ、「十月ばかりに山里にある泊《とまり》にて」詠んだ歌。永愷が「嵐の声」として閑寂《かんじやく》な山里の落葉を表現するこの歌を詠んだ時、この年亡くなった兄弟子大江嘉言《よしとき》*の、奥山に幽居して雨音を聴いている趣《おもむき》を伝える歌

山深《ふか》み*落ちて積もれる紅葉葉《もみぢば》の乾《かは》ける上に時雨ふるなり

が念頭にあったであろう。能因自身、後に『玄玄集《げんげんしゅう》』「嘉言四首《よしとき》」の筆頭に選

【語釈】○山里―ここは東山か。

＊大江嘉言―12に見える。

＊山深み…―12参照。

んだ歌である。永愷の「嵐のこゑは木の葉なりけり」と詠むその「木の葉」は、嘉言の「落ちて積もれるもみぢ葉《ば》」（木の葉）となったであろう。嘉言の詠んだのは「時雨」の音だが、永愷の「神無月」は「時雨ふる」季節である。

永愷の歌は、「風で木々の木の葉が鳴る音」と解せなくもないが、十月の詠であり、歌中の「神無月」は落葉の季節であることの明示であろう。木の葉の散る「落葉」の音を嵐の音と聞き紛《まが》うところに趣向《しゅこう》がある。「落葉」と雨の音とを聞き紛う趣向には『後撰集』（秋下・四〇七・読人不知）の「秋の夜に雨ときこえてふりつるは風にみだるる紅葉なりけり」もあるが、伝統の鮮やかな「紅葉」ではなく「木の葉」を捉えて、その散る音を「嵐の声」として閑寂《かんじゃく》な山里の情趣を表現したのは永愷の功績であろう。

永愷は万寿元年（一〇二四）「秋児屋池亭五首　小序」において、自分の立場を「*赤人之末流」と称している。*こうした叙景の秀作に触れるとき、その自負のよってくる由縁が理解される。

『*古来風体抄《こらいふうていしょう》』下巻は、『古今集』から『千載集』に至る秀歌を抄出して、時に短評を加える。中で『*後拾遺集』冬部の落葉歌群、源頼実・藤原家経《いえつね》・能因の三首（三八二〜三八四）がその配列そのままに収録されているのは注

*「赤人之末流」―赤人は人麻呂とともに「和歌《ノ》仙《ヒジリ》」と称賛され（古今集真名序・仮名序）、とりわけ赤人は清新な叙景の歌人として高く評価されていた。

*こうした叙景の秀作―「野田玉川」詠（28）や「寝屋《ねや》の上に片枝《かたえ》さしおほひ外面《そとも》なる葉広柏《はびろかしは》に霰《あられ》降るなり」（24参照）もある。

*古来風体抄―鎌倉初期の歌論書。二巻。藤原俊成著。和歌史の先駆的業績。

*後拾遺集―06の脚注参照。

目される。

落葉如レ雨《（あめのごとし）》といふ事をよめる

木《こ》の葉《は》散《ち》る宿《やど》は聞《き》き《ゝ》分《わ》く事《こと》ぞなき時雨《しぐれ》する夜《よ》も時雨《しぐれ》せぬ夜《よ》も　源頼綱　36

紅葉《もみぢ》散《ゝ》る音《おと》は時雨《しぐれ》の心地《こゝち》して梢《こずゑ》の空は曇《くも》らざりけり　藤原家経　37

十月ばかり山里《ざと》に夜《よる》とまりてよめる　能因法師《し》

神無月ねざめに聞《き》けば山里《やまざと》の嵐《あらし》の声《こゑ》は木《こ》の葉《は》なりけり　38

『古来風体抄』は『後拾遺集』の源*頼実《よりざね》の歌をその弟の頼綱のものと誤っており、著者*藤原俊成《としなり》は頼実その人を十分認識していなかったらしいのだが、それは反面、頼実の「落葉如雨」題歌そのものを俊成が高く評価していたことを示していよう。実際、『古来風体抄』は頼実がその一員であった六人党*の歌は、頼実のこの歌の他には、『後拾遺集』二首『千載集《せんざいしゅう》』一首計三首の*藤原範永《のりなが》詠を挙げるのみである。

六人党と交流を持ち、彼らとその周辺歌人の間に重きをなした能因の歌は、『後拾遺集』の配列に従って頼実・家経の後に置かれているが、この歌そのものが詠まれたのは、寛弘七年十月であり、頼実・家経の長久四年（一〇四三）

*源頼実―長和四年（一〇一五）―長久五年（一〇四四）六月七日卒。三十歳。清和源氏。源頼光孫。右馬頭頼国男。長久四年補蔵人。和歌六人党のひとり。家集に『故侍中左金吾（蔵人左衛門尉であった故人の）家集』が伝わる。土御門右府（源師房）家の家人。29参照。

*藤原俊成―永久二年（一一一四）―元久元年（一二〇四）。定家の父。藤原清輔没後は歌壇の第一人者となった。『千載和歌集』を撰進。家集に『長秋詠藻』がある。

*六人党―拾遺集から後拾遺集に至る約八十年間の勅撰

「落葉如雨」題歌より三十余年前となる。「六人党」の頼実、その周辺にいた家経の歌は能因の歌に影響されて詠まれたものであろう。

そして、「落葉如雨」題歌を詠んだ頼実はその半年後夭亡《ようぼう》し、命に替えて神に秀歌を請うたという逸話を『袋草紙』以下『無名抄《むみょうしょう》』『今鏡』『西公談《さいこうだん》抄《しょう》』『八雲御抄《やくもみしょう》』に残した。彼は「六人党」の牽引力であった（29参照）。この頼実の歌は、源俊頼《としより》*の歌（散木奇歌集・冬・五九七）

終夜聞落葉

独り寝《ぬ》る伏屋の隙《ひま》の白むまで荻の枯葉に木の葉ちる也

に代表されるように同時代及び院政期《いんせいき》の歌人に影響を与えた。

能因・頼実・俊頼は、「落葉」それも華やかさのある散る紅葉でなく、散る「木の葉」を聴覚《ちょうかく》において捉えて、後藤祥子氏が*「色のない世界が、逆に輪郭を明らかにしてくれるような、この傾向を中世的と名づけることは許されるだろうか」と評される初冬の景色を形象《けいしょう》した。それぞれに人々の心を誘う秀歌である。聴覚においてある事象を捉えて、その達した境地を示している。能因―六人党の頼実―俊頼という系譜が浮かびあがり、能因の歌が和歌史において重要な位置を占めていることを窺わせる。

集空白期に活躍した六人の歌人グループ。藤原範永・平棟仲・藤原経衡・橘義清・源頼家・源兼長（重成）・源頼実より成る。時代により、入れ替わりがある。視覚や聴覚など感覚が鋭敏で、漢詩文の摂取が顕著な歌風をもって知られ、和歌に執する彼らのあり方は、説話として語り継がれた。

*藤原範永―14・30の脚注参照。

*源俊頼―天喜三年（一〇五五）―大治四年（一一二九）。源経信の三男。清新な叙景歌を生むなど、大胆な新風を開拓した。白河上皇の命をうけ『金葉和歌集』を撰進。家集『散木奇歌集』、歌学書『俊頼髄脳』がある。

*色のない世界が…―「平安和歌の屈折点―後拾遺集の場合―」（『和歌文学の世界第二集』昭49・笠間書院）。

17

甲斐《かひ》が嶺《ね》に咲きにけらしな足曳《あしひき》の山なし岡の山なしの花

［山梨岡］

【出典】能因集・上・四二

――甲斐嶺の山梨岡に咲いたようですね。山の無いという山梨の岡に山の無いという山梨の花が。――

【詞書】甲斐にて、山梨の花を見て。

【語釈】○甲斐が嶺―『能因歌枕』甲斐国に見える。甲斐の山。ここは山梨岡のこと。○山なし岡―山梨県笛吹市春日居町鎮目。山梨岡神社がある。○山なしの花―山

15で伏見の里に宿る歌を見たが、能因の最初の長途《ちようと》の旅は、現在の山梨県、甲斐国《かいのくに》への東国下向であろう。寛弘九年（一〇一二）、橘永愷《ながやす》（能因）は出家前の二十五歳であった。この歌は、その旅先で見た山梨岡に山梨の花が咲いたのを詠んだ歌。「山梨岡の山梨の花」と繰り返したところに軽妙なユーモアがあり、「山梨」に「山無し」の意をかけるのが趣向である。

能因の歌には同音を繰り返して面白さをねらったものがあり、知友が任国

へ旅立つのを送る10の「長門なるとよらの島のとよられよかし」は、「豊浦」という地名と「とよる」という動詞を掛け、この「山梨岡の山梨の花」は、地名と景物名《けいぶつめい》との類似である。

先行歌《せんこうか》としては、「山梨岡」に『*古今和歌六帖《こきんわかろくじょう》』（第二・岡・一〇四三）の、

足ひきの山なし岡に行く水の絶えずぞ君を恋ひわたるべき、

「山梨の花」に、春の花木《かぼく》を題とした『*近江御息所《みやすどころ》周子歌合』の、

世の中を憂しといひてもいづくにか身をば隠さむ山なしの花

がある。後者は『古今和歌六帖』（第六・山なし・四二六八）にも載録《さいろく》されていて、「山梨」に「山（隠れる所）無し」の意をかけ、世間から身を隠そうとしても隠れる場所のないことをたとえている。前者も山梨岡は恋歌の序詞《ことば》を構成している一部であり、いずれも観念的な詠作《えいさく》である。

これらに比し、永愷の歌は、言語遊技的《げんごゆうぎてき》な要素はありながらも、「甲斐にて、山梨の花を見て」という現実の体験が、『古今集』紀貫之《きのつらゆき》の歌

*桜花咲きにけらしな足ひきの山の峡《かひ》より見ゆる白雲

を踏まえて、「咲きにけらしな」という抒情《じょじょう》を実感によって裏打ちするものとなっている。

梨はバラ科の落葉高木。山地に生育し、四月ごろ白色の五弁の花を散房状につける。

*古今和歌六帖—貞元元年—永延元年（九七六—九八七）頃成立した私撰集。六巻。約四千五百首。歌が題で分類されているのが特色。

*近江御息所歌合—醍醐天皇更衣周子の主催。延長八年（九三〇）以前に成立か。

*桜花……—古今集・春歌上・五九。

18

わが宿《やど》の木末《こずゑ》の夏になる時は生駒《いこま》の山ぞ山隠れける

〔児屋池亭〕

【出典】能因集・中・八五、後拾遺和歌集・夏・一六七

我が家の木々の梢が、夏になって生い茂るようになる時には、今まで見えていた生駒山が隠れてしまうことだよ。

「わがやどの」「木末のなつに」「なるときは」「生駒のやまぞ」「やまがくれける」と、初、三、五句の句頭《くとう》他にア段音を連続、初句から四句に「の」音を繰り返して、軽快なリズムがあって快い。「わが宿の木末の夏になるときは」と一気に詠み下す詠風は師長能の一と筋に詠み下して平明な、妹*がりと佐保の川べを分け行けばさ夜や更けぬる千鳥鳴くなりに代表されるような歌風《かふう》を受け継いだものであろう。同音の繰り返しによる

【詞書】○池亭―池のほとりの小宅。

【語釈】○生駒の山―生駒山。河内（大阪府）と大和（奈良県）の境にある生駒山地の主峰。標高六四二メートル。『能因歌枕』大和国に「生駒《いこま》山」あり。

リズミカルな声調《せいちょう》も、「*憂しとだにいふもさらなりいさらやいかなる我が身なるらん」のように、長能のものである。新しく摂津で暮らし始めた心の弾《はず》みの感じられる歌である。

「我が宿の木末の夏になる時は」と持ってきた時、念頭にあったのは清新《せいしん》な*恵慶《えぎょう》「百首」「夏」題の、

　*我が宿の外面《そとも》に立てる楢《なら》の葉の茂みにすずむ夏は来にけり

であったろう。「わが宿の楢の葉の夏」と「わが宿の木末の夏」、恵慶は木蔭の納涼《のうりょう》を詠《うた》い、能因は今まで見えていた生駒山が夏木立に隠れて見えなくなったという。「木末の夏になる」という表現に能因の言語感覚が光る。能因が初出《しょしゅつ》で、ここに眼目《がんもく》があろう。為兼・永福門院と並ぶ京極派歌人で、『玉葉和歌集』を撰進された伏見院は、能因の歌を踏まえてであろう、「*夏になる木末《こずゑ》はなべて緑にて山ほととぎす初音待つころ」と詠まれた。

児屋池亭《こやちてい》から眺める生駒山は能因の生活に大きく根を下ろしていた。後の奥州の旅でも甲斐の白嶺《しらね》を遠望しての詠（21）や*筑波山《つくばやま》を初めて見た心のたかぶりを詠んでいる。能因には山に対して抱く情感があった。出家後京の東山に住んでいた彼は、道済《みちなり》が筑前守《ちくぜんのかみ》として下って行った翌長和五年（一〇一六）

*妹がりと……―長能集・一九七、千載集・冬歌・四二四。

*憂しとだに……―長能集・四四。

*恵慶―天暦三年（九四〇）以前―正暦三年（九九二）頃まで活躍。花山天皇の寛和（九八五―九八七）頃の人。中古三十六歌仙の一人。安法法師・源重之・曾禰好忠らと交友があった。家集に『恵慶集』がある。

*我が宿の……―恵慶集・二一八。新古今集・夏歌・二五〇にも。

*夏になる……―伏見院御集一二一五。

*筑波山を初めて見た……―能因集・中・一〇五。

から、「心あらん人に見せばや津の国の難波の浦の春の景色を」（20参照）と詠んだように京と摂津を往還《おうかん》していたが、この頃、摂津の児屋に居を定めた。「我が宿」がそれを示している。この次の歌は寛仁三年（一〇一九）秋に任国で卒去《そっきょ》した道済を悼《いた》む詠である。「我が宿の」歌は同年夏児屋に住み始めたころの詠であろう。京から摂津に移ってきて、河内と大和の境にある生駒山を眺めやり、新鮮な感動を呼び起こされたのであろう。「山隠《がく》れける」という動詞が珍しい上に、雪や桜でなく「生駒の山」が「*山隠れける」というところにも趣向があろう。

夏の木々の茂りを詠ずる歌は能因以前にはあまり無く、先の恵慶の他に、恵慶と親しく叙景歌に優れた*曾禰好忠《そねのよしただ》に、木の葉が繁茂しているさまが「天《あま》照る月」もさえぎるほどだと歌った「百首」「夏」題の作がある。

*花散りし庭の木の葉も繁りあひて天照《あま》る月の影ぞ稀なる

この能因が意識していた好忠と、能因の師*長能《ながとう》には、伸びた蓬を杣木の繁みにたとえた好忠を長能が難じた挿話が『袋草紙』にある。

曾禰好忠の*三百六十首歌に云はく、

*鳴けや鳴けよ*もぎが杣《そま》のきりぎりす過ぎゆく秋はげにぞ悲しき

*山隠れける―山を主語とするのは孤例である。

*曾禰好忠―延長八年（九三〇）前後の生まれ。長保五年（一〇〇三）「道長家歌合」出詠が知られる最後の事蹟。天徳末（九六〇）に「百首歌」を創出したことが知られる。後撰集から拾遺集時代にかけての異色歌人。中古三十六歌仙の一人。家集に『好忠集』。

*花散りし……―好忠集・三八一。新古今集・夏歌・一八

長能云はく、「狂惑《きようわく》のやつなり。蓬《よもぎ》が杣と云ふ事やはある」と云々。
好忠の新奇《しんき》な表現に対する長能の非難は、その否定ではなく、長能にも同じ新しい表現への志向《しこう》があり、そのために、かえって「狂惑のやつ」（常軌《じようき》を逸したやつ）という、好忠への激しい言葉となったものであろう。

「我が宿の」歌は「夏児屋《こや》池亭」と詞書する。「児屋池亭」の「児屋」は、摂津国武庫《むこ》郡（兵庫県伊丹市）にある「昆陽《こや》」でなく、嶋上《しまかみ》郡（大阪府高槻市）の「児屋」（高槻市安満北《あまきた》の町付近で、今の古曽部《こそべ》の東隣）である。この歌は生駒山を大きく南に見る古曽部附近でこそ相応《ふさわ》しく、武庫郡の昆陽では遠すぎる。現安満北の町には西に「長池」東に「安満新池」があり、土地の人が古くから利用しているという。この児屋にも池はあったのである。
『能因集』は武庫郡の「昆陽」は「蘆のやのこやのわたり」（01参照）のように「こや」と仮名で表記し、嶋上郡の「児屋」は漢字で「児屋」として区別する。能因には白楽天《はくらくてん》の曲江《きよっこう》之《の》池亭《ちてい》への憧憬の発現である「*秋、児屋池亭五首　小序」もある。「我が宿の」歌は『後拾遺集』には「津の国の古曽部といふ所にて詠める」との詞書で採録されている。撰者藤原通俊《みちとし》は、この「児屋」が古曽部を含むことを知っていたのである。

六にも。
*長能—13 22 27 32参照。
*三百六十首歌—毎月集とも。一日一首の割で三百六十首を配列し、それを季節・月・旬に分って構成したもの。
*鳴けや鳴け…—好忠集・二四一。後拾遺集・秋上・二七三にも。
*よもぎが杣—「杣」は材木を採るために植えた樹。
*秋、児屋池亭五首—能因集・中・九二〜九六。九六の歌に「山里は…」とあり、当時の児屋池亭あたりは山里であった。

19

東路《あづまぢ》はいづかたとかは思《おも》ひたつ富士《ふじ》の高嶺《たかね》は雪降《ふ》りぬらし

大江嘉言

［東路］

【出典】能因集・上・一二

あなたは私が行く東路をどの辺りだと思っていらっしゃるのでしょう。十月なら富士の高嶺には雪が降っているでしょう。

寛弘二年（一〇〇五）の秋、東国へ下ろうとする大江嘉言《よしとき》*に贈った歌、

*長月《ながつき》は旅の空にて暮れぬべしいづこにしぐれ*逢《あ》はんとすらん

に対する嘉言の返歌。遠国へ旅立つ嘉言の前途を心配する橘永愷《ながやす》（能因）に対し、年長者らしく、雪の富士の秀麗な姿を見られる楽しさで返している。

13で永愷の師、藤原長能《ながとう》が上総介の任果て上洛した時の歌を見た。

東路《あづまぢ》の野路《のぢ》の雪間を分けてきてあはれ都の花を見るかな

【語釈】○東路―東海道、東山道など、都から東国に至る道筋。ここは後掲の浜名の橋との関連で、東海道であろう。○富士―『能因歌枕』駿河国《するがの》に見える。全国最高の標高（三七七六メートル）と美しい姿のために、古来、日本の象徴として仰がれ、

「東路の野路」は、長能の歌が初出だが、彼には、もう一首、正暦二年（九九一）四十三歳で上総介となった時に詠んだ歌がある。

上総にまかりし年、物いひ侍りし女に、扇などして

東路*の野路の契りは隔つとも扇の風のたよりあらじや

長能は任官時と任果てた時と二度「東路の野路」を詠んでおり、この語に万《ばん》感《かん》の思いをこめたことが伝わってくる。嘉言が「東路は」と始めた時、師、長能がはるか彼方の東路に思いを馳《は》せたこの歌が脳裏《のうり》にあったであろう。

先に我々は、能因の伊予国や美濃国への下向の歌を見、これから陸奥《みちのく》下向の旅を辿ろうとしている。嘉言もまた、伊予国や美濃国への旅を再三にわたって行っているが、東国への旅も一回ではなかったようだ。掲出歌の「富士の高嶺は雪降りぬらし」の「らし」は確信をもって推量《すいりょう》する意を表す。その推量の根拠となる経験が、嘉言にはあったと思われる。嘉言には富士山の近くで出会ったのが永愷の心配する時雨でなく、雪であったという認識があった。その根拠として、能因撰『玄玄集』にある嘉言の歌を掲げたい。

ひぐらし*に山路の昨日しぐれしは富士の高嶺の雪にぞありける

山路の旅の夜が明けて、富士の初雪を初めて見た驚き、新たに発見した感動

親しまれ、海外にもよく知られる。

*東国—ほぼ現在の中部地方以東。

*大江嘉言—09参照。12に見える。

*長月は…—九月は旅の空で暮れてしまうでしょう。あなたはどこで十月の時雨にあうことになるでしょう（能因集・上・一一）。

*しぐれ—十月の雨をばしぐれといふ（能因歌枕）。

*東路の…—遥か東国の野路遠く去って、次の逢瀬は遥か先のことになろうとも、その扇でおこした風に乗せて私に便りを送ってほしい（長能集・一二四）。

*ひぐらしに…—玄玄集・九七、三奏本金葉集・冬・二六五、詞花集・冬・一五四。

が伝わってくる。何時《いつ》のことかは分からないが、東国への最初の旅であろう。この時嘉言は、陸奥国まで旅をしたと思われる。『嘉言《よしとき》集』の一連の旅の歌の最後に、「*興《をき》の井《ゐ》」で詠んだ歌（二一）がある。

興の井といふ所に、旅のうちに月を見るといふ心を
草枕ほどぞ経にける都出《い》でていく夜か旅の月に寝《い》ぬらん

都を遙かにへだてた土地での感懐が良く表現されている。「興の井」は陸奥国の歌枕である。『能因歌枕』陸奥国《みちのくに》にも「塩釜《しほがま》の浦」の前に「をきのゐて」と思われる「をしのゐて」があり、元禄《げんろく》二年（一六八九）「春立る霞の空に白川の関こえんと」弟子の河合《かわい》曽良《そら》と江戸を出発した松尾《まつお》芭蕉《ばしょう》も、白川の関、忍ぶの里、武隈《たけくま》の松等を経て「それより野田の玉川・*沖の石を尋ぬ。末の松山は寺を造て末松山といふ。松のあひ〳〵皆墓はらにて、はねをかはし枝をつらぬる契の末も、終はかくのごときと悲しさも増りて、塩がまの浦に入相のかねを聞」と『奥の細道』に語る。「興の井」は、能因も再度陸奥下向や「想像奥州十首」で詠んだ「野田の玉川」や「末の松山」の近くなのである。

嘉言《よしとき》の東国下向は二度行われた。その二度目の旅の出発に当たって、「東路」歌は詠まれた。『嘉言集』に唯一「東路」を用いた歌がある。

*興の井―「をきの井」は、『国歌大観』にこの嘉言の詞書のみ。しかし小野小町に「をきの井、みやこ島」と詞書した「おきのゐて身を焼くよりもかなしきは都島辺の別れなりけり」（古今・物名歌）という墨滅《すみけち》歌（見せ消ちの状態で消してある歌）がある。

*沖の石―曽良は「興井」として右傍に「末ノ松山ト一丁程間有」と記し、「八幡村ト云所ニ有。仙台ヨリ塩竈へ行右ノ方也。塩竈ヨリ三十町程有。所ニテハ興ノ石ト云。村ノ中屋敷之裏也」（名勝備忘録）と説明する。現在多賀城市八幡二丁目。

東路*の浜名の橋を今日見れば高まるよりも透きてぞありける

浜名の橋の下を流れる潮の干満を良く観察し、とらえた歌である。06で取り上げた能因の「今日見れば浜名の橋を音にのみ聞きわたりけることぞ悔しき」は、嘉言の右の歌を踏まえている。能因のこの歌も、右の嘉言の歌と重ね合わせて味わうべきであろう。

掲出歌と右の嘉言の歌は、「東路」を歌頭に置く。富士の山は『能因歌枕』駿河国に、浜名の橋は遠江国に見え、両者は隣国《りんこく》である。浜名の橋の歌も、二回目の東国への旅のものであろう。この歌を含む『嘉言集』一四五〜一五三番までの九首の歌群は、本来秋から初冬の十首詠であったと思われる。寛弘二年九月に都を出発した嘉言は、秋の「浜名の橋」を経て、「旅の空にて」冬を迎え、雪の降った「富士の高嶺」を眺め、そのまま東国まで足を伸ばしたのであろう。師長能《ながとう》が万感の思いをこめて初めて使い二度も用いた「東路の野路」という語、兄事《けいじ》した嘉言が二度も試みた「東路」の旅は、十八歳の若い永愷に強い憧れを抱かせたであろう。そして永愷はまだ見ぬ東国、奥州への夢を育《はぐく》んだ。二度も奥州へ旅をし、「東国風俗五首」や「想像奥州十首」を詠んだ能因には、長能、嘉言という二人の先達がいたのである。

*東路の……嘉言集・一五〇。下句の歌意の通る『私家集大成』に拠る。

20

都《みやこ》をば霞《かすみ》とともに立ちしかど秋風ぞ吹く白河《しらかは》の関

［白河関］

【出典】能因集・中・一〇一、後拾遺和歌集・羇旅・五一八

京の都を春霞が立つのと時を同じくして出《い》で発《た》ったけれども、ここ陸奥の白河の関には、早くも秋風が吹いているよ。

【詞書】二年の春陸奥国《みちのくに》にあからさまに下るとて、白河の関に宿りて。

【語釈】○霞―春霞。○立ちしかど―出発したけれども。旅に出る「発《た》ち」に霞が「立ち」を掛ける。○白河の関―現福島県白河市。陸奥国

能因というと、誰しもがこの歌を思い浮かべるであろう。『能因集』の詞書にあるように、万寿二年（一〇二五）春、能因三十八歳の初度陸奥《みちのく》下向の作である。これをもって、奥州各地での詠歌群が始まる。

白河の関を越えると陸奥であったので、その感懐がさまざまな形で詠まれたが、ことに能因の歌は有名である。その特徴は、都と白河の関との空間上の距離を、春と秋という時間の推移に対応させたところ、春霞―都と秋風―

白河の関の対比に求められよう。陸奥の国までの旅の遥《はる》けさと、時間的にも空間的にも遠く隔たった奥州のイメージが拡がる。

藤岡作太郎は、名著*『国文学全史 平安朝篇』に次のように説いた。

その秀歌として知られたる、

都をば霞とともに立ちしかど、秋風ぞ吹く白川の関。

の詠は都*にありて詠み得たるものながら、たゞに出さんははえなしとて、久しく窓より顔をさし出し、日にやけ黒みて後、奥州の旅中の吟なりとて世に示せりという。されど識者は論じて、この逸話は信ずべからず、能因まことに奥州に遊びて、その折の紀行八十島記《やそしまのき》も伝われば、白川の関の詠もその折に実景をよみたるものなるべしとす。

実際に奥州へ二度も下向しているにも拘《かか》わらず、『袋草紙』の「能因実《まこと》には奥州に下向せず、此歌を詠まん為、竊《ひそ》かに籠居《ろうきょ》して奥州に下向の由を風聞すと云々」を始めとする逸話《いつわ》が生まれたのは、「数奇*《すき》」に徹した能因の真骨頂《しんこっちょう》を伝えるために脚色されたものであろう。

能因の歌、あるいはその仕事は後続の時代にかなり大きな影響を及ぼした。能因の名歌に、

への重要な入口にあたるため関所が置かれていた。『能因歌枕』(広本)に「関をよまば、逢坂の関、白河の関、衣《ころも》の関、不破の関などを詠むべし」とあり、「陸奥国」の最初に「白河の関」とある。

*名著―開成館明治三十八年刊。

*都にありて……―袋草紙、十訓抄、古今著聞集、愚秘抄等に見える説話。

*「数奇」―029参照。

*心あらん人に見せばや津の国の難波の浦の春の景色を

がある。*俊成が『後拾遺集』春部の秀歌として選び、*鴨長明《かものちょうめい》も「優《いふ》深くたをやか也」と評した。また、*西行《さいぎょう》の秀吟「*津の国の難波の春は夢なれや葦《あし》の枯葉《かれは》に風渡るなり」は、能因詠の難波の浦の優艶《ゆうえん》な春景色を思い描くことで生まれた傑作。平安末期から中世にかけて、「心あらん」の歌は新古今歌人に顕著《けんちょ》な影響を与えたが、西行の歌は、葦の枯葉に風の吹き渡る音が聞こえてくるような蕭条《しょうじょう》たる風景を眼前に浮かぶように出現させて出色《しゅっしょく》である。

「津の国の」の歌は、文治《ぶんじ》三年（一一八七）の成立かとされる「*御裳濯河歌《みもすそがわうた》合《あわせ》」において、俊成が「幽玄の体なり」と評した作であるが、西行はもっと早く能因の歌に触発《しょくはつ》されて行動を起こしている。それが同じ『後拾遺集』羇旅部の秀歌として選ばれた「白川の関」の歌である。自らの「すき」の先達として能因に関心を寄せていた西行は、二十六歳の時、康治《こうじ》二年（一一四三）に初度陸奥下向の旅を試みたようである。白河の関に達したとき、能因の「秋風ぞ吹く」の作を思い起こして、「白川の関屋を月の洩《も》る影は人の心を留《と》むるなりけり」と詠み、次いで「都出でて逢坂《あふさか》越えし折までは心かすめし白川の関」という歌を作る。詞書にある「霞と共にと侍る言《こと》の跡、辿《たど》り詣《まう》で来

＊心あらん…—能因集・中・八三。後拾遺集・春上・四三にも。

＊俊成が…—古来風体抄・下巻。

＊鴨長明も…—無名抄・俊恵歌体定事。

＊西行—平安末期の歌人（一一一八—一一九〇）。多くの秀歌がある。家集に『山家集』。

＊津の国の…—新古今集・冬歌・六二五。

＊御裳濯河歌合—俊成の判による西行の自歌合。

にける心一つに思ひ知られて」という句が、能因の足跡を実地に踏査したいというその動機を語っており、この一連＊の歌群には能因が踏んだ歌枕を訪れた跡が刻まれている。

　また西行からさらに五百年以上を経た元禄二年（一六八九）、曾良《そら》と二人『奥の細道』の歩みを重ねた芭蕉も、「心許《もと》なき日数重なるまゝに、白川の関にかゝりて旅心定まりぬ」と記した後、「＊いかで都へと便《たより》求しも断《ことわり》也。中にもこの関は三関《さんくわん》の一にして、風騒《ふうそう》の人心を留む。秋風を耳に残し、紅葉＊も俤《おもかげ》にして、青葉の梢《こずゑ》猶あはれ也」と兼盛、能因、頼政の歌を踏まえ、「古＊人冠《かんむり》を正し衣装を改めし事など、清輔の筆にもとゞめ置《おか》れしとぞ」と結ぶ。

　最後に、清輔著『袋草紙』の、竹田大夫国行《たけだのたいふくにゆき》が陸奥に下向して白河の関を越える日、装束を正して越えようとしたので、ほかの人が不審がって理由を問うと、能因が「秋風ぞ吹く白河の関」と名歌を詠んだ由緒ある地を普段の服装で越えられようかと答えた故事を挙げているが、白河の関を越えて陸奥の国に入ると、能因和歌の世界が急速に現実味を増したのであろう。

　国行、為仲、西行、芭蕉、文学に携《たずさ》わる人にとって白河の関は、威儀《いぎ》を正して過ぎるべき聖地であった。

＊一連の歌群―山家集・下・雑・一一二六～一一三四。

＊いかで都へ―平兼盛の歌「便りあらばいかで都へ告げやらむ今日白河の関は越えぬと」（拾遺集・別・三三九）を指す。

＊紅葉も俤にして―嘉応二年（一一七〇）「建春門院北面歌合」での、源頼政の詠「都にはまだ青葉にて見しかども紅葉散りしく白川の関」を指す。千載集・秋歌下・三六五にも。

＊古人冠を正し……―袋草紙に見える逸話。俊頼髄脳にも。西公談抄・愚秘抄には陸奥守橘為仲の話とする。

21

甲斐《かひ》が嶺《ね》に雪の降れるか白雲《しらくも》かはるけきほどは分《わ》きぞかねつる

［甲斐嶺］

【出典】能因集・中・一〇四

甲斐の白根山には雪が降っているのだろうか、それとも白雲がかかっているのだろうか、遠くに隔たっていて見分けるのが難しいことだ。

東国への二度目の旅で、甲斐の白嶺を遠望しての詠。これからの長途を思い遣って遥かの山並みを遠く眺める能因の姿が浮かぶ。歌に初度《しょど》陸奥下向の「都をば」のような軽やかなリズムが無いと思うのは私だけだろうか。「はるけきほどは分きぞかねつる」には、これから先のどうなるかわからない不安感すら感じ取れる。長元二年（一〇二九）能因は四十二歳であった。

能因が陸奥国への旅を志すにあたっては、上総介として東国へ下る時と上

【詞書】なすべき事ありて、また陸奥国《みちのくに》へ下るに、はるかに甲斐の白根《しらね》の見ゆるを見て。

【語釈】○甲斐が嶺《かひがね》―現山梨県の白根山を指す。『能因歌枕』甲斐国に「甲斐の白根《かひのしらね》」とある。

洛する時と二度「東路《あづまぢ》の野路《のぢ》」を詠んだ師長能《ながとう》（13）や、二度目の東国への旅の出発に当たって「東路は」と歌い出した嘉言《よしとき》（19）への思いがあったろう。ただ、再度陸奥下向を始めるにあたっての詞書「なすべき事ありて」は、この旅が彼らへの思い、奥州への憧れのみではないことを窺わせる。歌枕を憧憬《しょうけい》し、それに魅了されて、著名な歌枕に代表される東国の風景をくまなく訪ね歩くこととは別の理由があったように思われる。

0102で見たように、『能因集』には底流として馬の問題があった。初度陸奥下向、あの人口に膾炙《かいしや》した「都をば霞とともに」を詠んだ初度下向には、馬の交易ということがあったろう。初度下向と掲出歌に始まる再度下向との間に位置する二首は、帰洛《きらく》した能因が名馬の産地陸奥の馬を知友や知人に贈った歌である。

京に上りて、為政の朝臣に、馬取らすとて
*君がためなつけし駒ぞ陸奥《みちのく》の安積《あさか》の沼に荒れて見えしを
懐信朝臣津守《（つのかみ）》に成《（なり）》て、駒どもあなりとて
乞ひにおこせたるにいひやる
故郷《ふるさと》に駒ほしとのみ思ひしはこふらく君があればなりけり

*君がため……能因集・中・一〇二・一〇三。

それに比し、この再度奥州下向の旅は、掲出歌一〇四番から一二一番にかけて、歌数が十八首と多く、そのほとんどが一首一首、詞書に「歌枕*」を挙げ、それを歌に詠みこんでいる。この家集のあり方から見て、歌枕を探ね歩くという目的は確かにあっただろう。しかし、「なすべき事ありて」は強い決意の感じられる語である。「すき」の歌人能因ではあっても、そういう語を、この当時、歌枕を訪ね歩くことに対して用いるであろうか。

　ここで、象潟《きさかた》を訪れた芭蕉の『奥の細道』にある「能因嶋に舟をよせて、三年幽居の跡をとぶらひ」が示唆を与える。「三年幽居の証はない」というのが『奥の細道』研究者の通説のようである。一方、能因研究者の間では、そのことが今まで問題になることはなかった。能因が象潟に三年近く住んだかどうかは能因伝において初めて取り上げられる問題である。そして、結論から言えば、能因は出羽《でわ》秋田県の西海岸にある「八十嶋」象潟の苫屋《とまや》を「わが宿」として足かけ三年「わび人」として住んだといえる。『能因集』の編年配列から、三年象潟幽居と考えても齟齬《そご》は来さないし、『袋草紙』は、能因に『八十嶋記』なる著作があったと記す。

　この再度奥州下向の旅には馬の交易や歌枕を探ね歩くという理由もあっ

*「歌枕」を挙げ―歌は略して挙げる。甲斐嶺（21）・常陸筑波山・陸奥信夫郡（22）・塩釜浦（23）・栗原音無滝・出羽八十島（24）・外川（24）・越前たいふ山・はこそ山。

*源重之―生年未詳―長保二年（1000）。清和天皇の曾孫にあたり、従五位下相模権守に至った。陸奥守として下向する藤原実方に同行、同地で没した。三十六歌仙の一人。「重之百首」の作者。家集に『重之集』。13に重之、11にその女《むすめ》登場。

*甲斐嶺に…―重之《しげゆきの》子《この》僧《そうの》集・三六。

た。それは事実だろう。しかし、そのことは出家後「わび人」となった能因の生き方を否定することにはならない。彼には遁世者《とんせいしゃ》としての覚悟が根本にあり、その覚悟は常に持っていたことはあり得ることだからである（24で述べる）。

「なすべき事ありて」について見てきたが、雪の降り積もった「甲斐嶺」を取り上げた*源重之の子のユーモラスな歌がある。

熊野詣での道に宿りて、雪に降り埋もれはべりて

*甲斐嶺に積もれる雪は見しかどもおのが上とは思はざりしを

父重之が、長徳《ちょうとく》元年（九九五）陸奥守として下向する*藤原実方《さねかた》を頼ってその任国に同行した時に、随伴して雪の積もった甲斐嶺を見たのであろう。

陸奥に下向する実方に与えた*花山院の一首、

*何事も語らひてこそ過しつれいかにせよとて人の行くらん

には、君臣《くんしん》の枠を超えた院と実方との真実が感じられ、心揺さぶられる。後に、能因の陸奥の旅に動かされて奥州へ下向した西行も、この地で没した実方を悼んだ、深々とした思いを詠んでいる

*朽ちもせぬ其の名ばかりを留めおきて枯野の薄かたみにぞ見る

*藤原実方―天徳四年（九六〇）頃―長徳四年（九九八）。藤原定（貞）時男。母は左大臣源雅信女。叔父藤原済時の養子。左近衛中将となり、長徳元年陸奥守として下向。同四年任地で客死。正四位下。藤原長能と同じく花山院と浮沈を共にした。中古三十六歌仙の一人。家集に『実方朝臣集』。

*花山院―第六十五代天皇。安和元年（九六八）―寛弘五年（一〇〇八）。四十一歳。冷泉天皇の第一皇子。母は太政大臣正二位藤原伊尹女懐子。永観二年（九八四）即位したが、藤原氏に謀られて出家、退位。在位一年十か月。第三番目の勅撰集『拾遺和歌集』を撰集。

*何事も…―新後拾遺集・離別歌・八五二。

*朽ちもせぬ…―山家集・中・雑・八〇〇。

22

浅茅原《あさぢはら》荒れたる野べは昔《むかし》見し人をしのぶのわたりなりけり

［信夫里］

【出典】能因集・中・一〇六、後拾遺和歌集・雑一・八九三

浅茅原となって荒れ果てたこの野辺は、以前会ったあの人を思い偲《しの》ぶ、信夫の郡《こおり》の辺りであったのですね。

「陸奥国《みちのくに》にいきつきて、信夫《しのぶ》の郡《こほり》にてはやう見し人を尋ぬれば、その人は亡くなりにきといへば」と詞書する。「はやう見し人」は、以前会った人。三十八歳の万寿二年（一〇二五）の初度陸奥下向の折りに出会った人であろう。四年ぶりに訪れてみると、辺《あた》りは浅茅原と荒れており、その人は亡くなっていた。「*人をしのぶ」は、地名「信夫」に「偲ぶ」を掛ける。この再度陸奥下向の旅を終え、帰洛してすぐに詠んだ「東国風俗五首」中に「陸奥《みちのく》の白《しら》

【詞書】本文参照。

【語釈】○浅茅原―チガヤの生えた野原。雑草が生え荒れ果てた野原。あさぢをば、あれたるところにおふる也（能因歌枕）。○しのぶの辺《わた》り―現在の福島市の辺り。古くは伊達の郡と合わせて

尾《を》の鷹を手に据ゑて浅茅の原を行くは誰《た》が子ぞ」(26)があり、「浅茅原」の語が共通している。「浅茅原」で偲ぶ「はやう見し人」は、「浅茅原」を「白尾の鷹を手にするゑて行く」人、鷹を養い育て狩《かり》に備える鷹飼《たかかい》であろう。冒頭01の「安積の沼の駒」が「安積の沼に荒れて見えしを」を受けていたのと*同じ用法である。故人の追憶に浸って平明《へいめい》ながら余韻《よいん》を残す。

寂寥たる光景を「浅茅原」に象徴させたこの歌は故人《こじん》を偲ぶ歌であり、先達*道済《みちなり》の詠んだ、唐の玄宗《げんそう》皇帝が都へもどる途中、楊貴妃《ようきひ》の亡くなった土地を過ぎる場面(道済集・二四五)、

思ひかね別れし人を来て見れば浅茅が原に秋風ぞ吹く

が思い合わされたものであろう。能因撰『玄玄集』の「道済五首」にも「楊貴妃」題で採られている。この道済の歌は、寛弘七年(一〇一〇)の「*長恨歌《ちょうごんか》、当時好士《かうじ》和歌よみしに、十首」とある内の四首目「玉顔《ぎよくがん》ヲ見《ズ》」と題する一首。玄宗皇帝の心で詠んでいる。*道命阿闍梨《どうみょうあじゃり》にも、玄宗皇帝が戻った旧宮を、浅茅が原と詠んだ「古里は浅茅が原と荒れはてて夜すがら虫の音《ね》をのみぞなく」(道命阿闍梨集・三一一)がある。道命も『道済集』の「当時好士」(その頃の数奇者)の一人であったろう。この道命の歌に影響を与えたのが、

信夫国と言った。15【語釈】伏見の里参照。

*人をしのぶ―この句は「独のみながめふるやのつまなれば人を忍ぶの草ぞ生ひける」(古今集・恋歌五・七六九・貞登《さだのぼる》)によるか。

*同じ用法―03 05に見える保昌の宮城野の萩、07観教の紅梅、12嘉言の難波の葦など、『能因集』の哀傷歌には、その伏線となる特定の景物を詠む歌が必ず配置されている。

*道済―11 27参照。

*長恨歌―玄宗皇帝と楊貴妃の悲劇を描いた白居易の長詩。源氏物語など平安朝文学に大きな影響を与えた。

*道命阿闍梨―天延二年(九七四)―寛仁四年(一〇二〇)。傅大納言藤原道綱(九五五―一〇二〇)男。中古三十六歌仙の一人。家集に『道命阿闍梨

嘉言《よしとき》の「我が宿は浅茅が原に荒れたれど虫の音《ね》聞くぞとり所なる」（嘉言集・八〇）と思われる。嘉言は正暦四年（九九三）五月五日、東宮居貞親王（三条天皇）帯刀陣歌合《たちはきのじんうたあわせ》に出詠したが（12参照）、居貞親王・為尊親王・敦道親王は共に超子《ちょうし》を生母とする冷泉院《れいぜいいん》の皇子であり、道命の親近した花山院*はこの異母弟の宮兄弟と大そう厚い交情を交わされたという。永愷《ながやす》（能因）と嘉言の師、*長能《ながとう》も東宮師貞《もろさだ》親王時代から花山院に親近しており、花山院の殿《てん》上童であった道命《どうみょう》と親しく交わった。長能は道命の大叔父である。寛弘五年冬の「*傅大納言道綱家歌合《ふのだいなごんみちつなけうたあわせ》」に、二人は、和泉式部*と共に出詠《しゅつえい》している。式部は寛弘四年（一〇〇七）十月二日薨の帥宮《そちのみや》敦道親王の喪のあけた頃であった。

「信夫のわたり」には、「清見が関」を詠んだ六人党の橘為仲*《ためなか》に（09）、為仲自身を、信夫《しのぶ》の里に世を忍んで隠れ住んでいる身として詠んだ『新古今和歌集』（秋歌上・三八五）の、

あやなくも曇らぬ宵をいとふかな信夫の里の秋の夜の月

がある。同じ『新古今集』（羈旅歌・九三〇）にある、

陸奥国に侍りけるころ、八月十五夜に京を思ひ出でて、
大宮の女房の許につかはしける　　橘為仲朝臣

集』。

*花山院—21参照。

*長能—13 18 27 32参照。

*傅大納言道綱家歌合—傅は、皇太子の補導役、大納言道綱はこの頃、居貞親王の東宮傅を兼務している。28参照。

*和泉式部—05に見える。

*橘為仲—長和四年（一〇一五）頃—応徳二年（一〇八五）十月二十一日。橘義通男。母は藤原挙直女。淡路守、越後守、陸奥守をへて正四位下太皇太后宮亮に至る。兄義清に代わり、六人党の一員となる。家集に『橘為仲朝臣集』。『無名抄』に［五月かつみ葺事］［為仲宮城野萩］の逸話がある。後者は

見し人も十符《とふ》の浦風音せぬにつれなく澄める秋の夜の月

は、「八月十五夜、京を思ひいでて、大宮女房の御なかに、十首がうち」と詞書する『橘為仲朝臣集』一四五番歌であり、以下、藤原家経男《いえつねだん》左《さ》衛門権《えもんのごんの》佐行家《すけゆきいえ》の「十符の浦」を詠んだ一首、散位実清の「阿武隈川《あぶくまがわ》」の歌一首、「宮城野」「阿武隈川」「安積の沼」を詠んだ紀伊入道素意《そい》（藤原重経）の三首と返歌が続く。家集には為仲の「十首がうち」、「十符の浦」を詠んだ一首しか収めていない。「信夫の里」を詠んだ新古今歌も、「十首がうち」の一首であろう。前年陸奥守となり九月半ばに都を発ち歳末に任国に到着、承保四年（一〇七七）初めて迎えた陸奥国の仲秋の名月であった。陸奥国の歌枕を詠むという、能因を意識した試みであったろう。

西行も「信夫と申すわたり」を、能因にゆかりのある土地と認識していた。白河の関を越える時、能因の作「都をば霞とともに立ちしかど、秋風ぞ吹く白川の関」（20）を思い起こして、「白川の関屋を月の洩る影は人の心を留むるなりけり」（山家集・下・雑・一一二六）を詠み、次いで「関に入りて信夫と申すわたり、あらぬ世*のことに覚えて哀れなり、……」と詞書する。

05脚注参照。

*あらぬ世―別世界。

23

さ夜《よ》ふけてものぞ悲しき塩釜《しほがま》は百羽《もゝは》掻《が》きする鴫《しぎ》の羽風《はかぜ》に

［塩釜浦］

【出典】能因集・中・一〇九

夜が更けてここ塩釜の浦は何となく悲しいもの思いにとらわれることだなあ。鴫がしきりに羽ばたきする、その羽風を聞くにつけても。

再度陸奥下向の旅で、塩釜《しおがま》から都の人に届けた歌。塩釜の浦は現在の松島《まつしま》湾、『古今集』（東歌《あずまうた》・一〇八八）に「陸奥歌《みちのく》」として歌われた、

陸奥《みちのく》はいづくはあれど塩釜の浦こぐ舟の綱手かなしも

で知られた。「河原左大臣《かわらのさだいじん》」源融《とおる》は右のように歌われた塩釜の素晴らしい風景を模して、河原院《かわらのいん》を造営した（07参照）。融の死後、紀貫之は河原院を訪れて、その寂寥を次のように歌った（古今集・哀傷歌・八五二）。

【詞書】塩釜の浦に宿りて、都なる人のもとに

【語釈】○塩釜の浦―『能因歌枕』陸奥国《みちのくに》に見える。宮城県塩竈市の入り江。今の松島湾。○百羽掻き―本文参照。

＊陸奥歌―当時の陸奥は白河

河原の左の大臣《おほいまうちぎみ》の身まかりての後かの家に罷《まか》りてありけるに、
塩釜といふ所の様を作れりけるを見てよめる

君まさで煙絶えにし塩釜の浦さびしくも見えわたるかな

この歌は、掛詞《かけことば》によって、「塩釜の浦」が「うらさびし」を導き出している。若き頃河原院に出入りしていた永愷《ながやす》（能因）にとって、それは深く共感できる思いであったろう。

貫之の歌のイメージもあって「塩釜の浦」は、どこかもの悲しさ、うら寂しさを感じさせる雰囲気を持つ。能因は、その「塩釜の浦」における「鴫」の羽風を詠んで、「塩釜」での旅愁《りよしゆう》を歌った。「百《もゝ》羽《は》掻《が》きする鴫」は、次の『古今集』の歌（恋歌五・七六一・よみ人しらず）を踏まえている。

暁の鴫《しぎ》の羽《はね》がき百羽《ももは》がき君が来ぬ夜は我ぞ数かく

恋歌五に収まる「鴫の羽《はね》がき」は愛情の煩悶《はんもん》の比喩的な表現である。それを、能因は「塩釜」という土地を対象とし、「百《もゝ》羽《は》掻《が》き」しきりに羽ばたきする、鴫の羽音を「羽風」と表して、叙景歌とした。恋歌の表現である鴫の「百《もゝ》羽《は》掻《が》き」、それによる「羽風」を捉えて、「塩釜」の「ものがなしき」印象を深めた所に、能因の新しさがある。

の関（福島県）以北を言うが、『古今集』の陸奥歌の場合、福島県から宮城県に流れる阿武隈川、山形県を流れる最上川のほか、塩釜の浦・宮城野・すゑの松山というように今の宮城県の地に比定されることが多い。

＊源融―（八二二―八九五）嵯峨天皇の皇子。源姓を賜わって臣籍降下、左大臣に至る。河原院をつくって、豪奢な風流生活で有名。

24

わび人《びと》は外《と》つ国ぞよき咲きて散る花《はな》の都《みやこ》は急ぎのみして

［わび人］

【出典】能因集・中・一一五

私のようなわび人には外つ国とも言うべきこの辺境の地が良いのだ。咲き散る花のような、あの花の都は慌ただしいばかりで。

「出羽《いでは》の国に八十《やそ》島に行きて、三首」とある連作の最後の歌。象潟《きさかた》での能因は、連作の最初の歌

世の中はかくてもへけり象潟や海人《あま》の苫屋《とまや》をわが宿にして

のように、象潟のわびしい海人の苫屋、水辺の粗末な小屋を住まいとする生活を送っていたと思われる。元禄二年（一六八九）六月一六日に、能因や西行の足跡を慕《した》ってこの地を訪れた芭蕉は、「江山水陸《こうざんすいりく》の風光《ふうこう》数を尽して、今象潟に方寸《はうすん》を責む」という昂揚した文で『奥の細道』「象潟」を始め、「朝日花や

【詞書】本文参照〇出羽《いでは》の国―現在の山形・秋田両県。〇八十《やそ》島―歌枕。出羽国由利郡にあった象潟のこと。現在の秋田県にかほ市象潟町。『能因歌枕』、『和歌初学抄』は出羽国に「八十嶋」とあり、後の『五代集歌枕』、『歌枕名寄』は象潟とする。文化元年（一八〇四）地震で隆起

かにさし出づる程に、象潟に舟をうかぶ。先《まづ》*能因嶋に舟をよせて、三年幽居の跡をとぶらひ、むかふの岸に舟をあがれば、「*花の上こぐ」とよまれし桜の老木、西行法師の記念をのこす」と綴る。能因は芭蕉のようにこの明媚《めいび》な風光を一見して立ち去る旅人ではなく、ここに長元三年（一〇三〇）春から五年春夏の交《こう》まで*足かけ三年を過ごしたと考えられる。春から夏へ、そして秋・冬ともなれば、象潟の自然も厳しい相貌《そうぼう》を呈したであろう。畿内生まれの能因は極限の環境に身を置いて、覚悟が強まったと思われる。「わび人は外《と》つ国ぞよき」は、自己を「わび人」と認識し、わび人としての生を生きるべきなのだと自分に言い聞かせている。が彼には、わび人としての生に徹しようという覚悟があった。「すき」の歌人として歌に徹する性向は、わび人としての生に徹することも可能にしたであろう。『後拾遺抄注』の「能因ノ躰《てい》タル、色黒ク長《たけ》高クシテ歌佐《あや》シ気《げ》ニ物申ス法師ニテゾ侍リケル」という迫力ある風貌《ふうぼう》は、荒法師文覚《もんがく》の語った「あれは、文覚に打たれんずる者の面《つら》やうか。文覚をぞ打たんずる」（『井蛙抄《せいあしょう》』）という西行像に通じるものがある。

能因には胆力《たんりょく》があった。

能因は「なすべきことありてまた*陸奥国へ下」り、出羽の八十嶋から足かけ

する以前の象潟は、八十島という名にふさわしい変化に富んだ景勝の地。

【語釈】○わび人—本文参照。原義は世をわびて寂しく暮らす人。○外つ国—都のある畿内以外の遠くの国。

*能因嶋—能因が住んでいたと伝える潟中の島。

*花の上こぐ—伝西行の歌「象潟の桜は波に埋もれて花の上こぐ蜑の釣り舟」。

*足かけ三年—旅程は21で触れた。

*陸奥—出羽を加えた奥羽、今の東北地方を漠然とさしていうこともある。

三年後に帰洛している。長元四年（一〇三一）秋には、陸奥国で懇意《こんい》にしていた人が亡くなり、その家に出向いて死を悼み（冒頭01で触れた）、元禄二年六月三日「五月雨《さみだれ》をあつめて早し最上川」と詠んだ芭蕉同様に、水路で出羽国《でわのくに》に帰った。

　外川《とかは》といふ所を船にて下るほど、船にあるもの、この渡りを
　綾《あや》の瀬といひ侍《はべ》る、歌よみて神に奉《たてまつ》る所なりといへば
　　*綾の瀬に紅葉の錦《にしき》たちかさねふたへに織れる立田姫かな

能因は『*延喜式《えんぎしき》』兵部省《ひょうぶしょう》諸国駅伝馬条にみえる出羽国最上川沿いの水駅「*野後《じり》駅」か「*避翼駅《さるばね》」で乗船し、最上渓谷の*戸川を下り、渓谷の終点で降り、象潟に帰ったと思われる。今も最上川舟下りが行われ、紅葉の名所である。

　何故、能因は陸奥国に出向いたのに、そのまま帰路に就かず、出羽国に戻ったのであろうか。これはやはり、象潟で「わび人」としての生を送っていたからであろう。昵懇《じっこん》であった馬を飼っていた人が亡くなり、陸奥国に出向いたほかは、「海人の苫屋」を「わが宿として」わび人の生を送っていたのであろう。能因には今は伝わらないが、『八十嶋記』なる著作があったという(21)。陸奥下向の折の歌文紀行ともいわれるが、『*夫木抄《ふぼくしょう》』に拠ると、別に「能因日記」があり、携行していたらしい。この「能因日記」が歌文紀

*綾の瀬に……―能因集・中・一一八。
*延喜式―十世紀前半の律令の施行細則を記した法典。
*野後《じり》―現在の山形県北村山郡大石田町。
*避翼―現在の本合海《もとあいかい》。山形県中北部、新庄市の南西に位置する。芭蕉も元合海から乗船し、最上渓谷の終点清川で下船している（『曾良随行日記』）。
*戸川―山形県最上郡戸沢村。
*夫木抄―「今宵《こよひ》こそ涙の河にゐる千鳥鳴きてかへると君は知らずや」（冬二・千鳥・

行であろう。『八十嶋記』の八十嶋は象潟のことであり、足かけ三年の象潟での閑居生活《かんきよせいかつ》を記したものではないだろうか。『二中歴《にちゆうれき》』の名人歴「道家」の項には、内記入道慶滋保胤《よししげのやすたね》らと共に「古曾部入道能因」の名が見える。能因は己の住まいを慶滋保胤を模して児屋池亭と称している。『八十嶋記』は保胤の『池亭記《ちていき》』を念頭に命名した、能因の僧としての生活を記したものではなかろうか。鴨長明*も『池亭記』に倣ってその書を晩年に居住した日野《ひの》の方丈の草庵にちなんで『方丈記*《ほうじようき》』としている。

後に長元九年*（一〇三六）秋に美濃国に行った能因は「山中にて九月尽くるに一人詠め《なが》」、翌十年春も美濃国にいる。そして、長暦二年（一〇三八）夏の「美州に五首　閑居*五首」中に「見二山中禅僧一」とある。長元九年秋〜十年春と長暦二年夏には美濃「山中」に閑居しているのである。幽居《ゆうきよ》といい、閑居といい、「すき」の歌人能因のバックボーンには、このような生活があった。

特に美濃閑居は、歌の力量が公に認められるようになった長元八年高陽院水閣歌合（29）からあまり時を経ていない。永承《えいしよう》四年（一〇四九）内裏歌合（31）、同五年祐子内親王家歌合《ゆうしないしんのうけうたあわせ》（32）の背後にもそのような生活はあったであろう。寛徳二年秋の詠を下限とする『能因集』にはない次の佳詠は*、その頃の

六七八三　読人不知）詞書に「能因日記、古歌中」とある。

*鴨長明―（一一五五頃―一二一六）。主著に『方丈記』『発心集』『無名抄』、家集に『鴨長明集』がある。0520の脚注、1628に『無名抄』。

*方丈記―鎌倉前期の随筆。一巻。鴨長明著。建暦二年（一二一二）成立。

*長元九年秋に美濃国……―能因集・下・一七六〜一七八、一八四〜一九一。

*山中―岐阜県不破郡関ヶ原町山中。

*閑居―世間との交わりをやめ、わずらわされることなく、心静かに住むこと。

*次の佳詠―新古今集・冬歌・六五五。『定家十体』（02参照）の「鬼拉様《きりふ》」（鬼を取り拉《ひし》ぐような強さを持った詠風）の例歌十二首の中に入

能因の歌境ではないだろうか。

寝屋《ねや》の上に片枝《かたえ》さしおほひ外面《そとも》なる葉広柏《はびろかしは》に霰《あられ》降るなり

象潟での閑居生活はどのようなものだったのだろう。自己を「わび人」とする歌は『古今集』（秋歌下・二九二）以来の歴史がある。

わび人の分《わ》きて立ち寄る木の下《もと》は頼む陰《かげ》なく紅葉《もみぢ》散りけり

『後拾遺集』序文は「近く能因法師といふ者あり、心花の山の跡を願ひて、言葉人に知られたり」と、能因を出家した「花の山」花山《かざん》僧正遍照《へんじょう》と重ね合わせるが、その遍照*の歌である。貞観《じょうがん》十一年（八六九）の秋、常康《つねやす》親王の薨《こう》去《きょ》を追悼して詠んだ歌。20 21で見た西行（西行法師家集・一九〇）や、鎌倉・南北朝時代の兼好にも「わび人の」で始まる歌がある。

侘人《わびびと》の住む山里の咎《とが》ならん曇らじものを秋の夜の月　西行

わび人の涙に慣《な》るる月影は霞むを春のならひとも見ず　兼好

兼好《けんこう》のは最晩年の家集最後の哀傷歌の内の一首（兼好法師集・二八三）であり、西行のは曇った月を詠む。遍照、西行、兼好の三首が感傷的な雰囲気を醸し出すのに比し、能因の「わび人は外《と》つ国ぞよき」には決然たる響きがある。

っている。

*遍照—俗名、良岑宗貞。弘仁七年（八一六）に桓武天皇の皇子良岑安世の子として生まれた。仁明天皇に仕えて蔵人頭にまでなったが、天皇の崩御とともに出家し、僧正まで進んだ。寛平二年（八九〇）七十五歳で入滅。花山の元慶寺に住んだので花山僧正と呼ばれた。六歌仙の一人。恵慶（18参照）も天元六年（九八三）三月二十一日の河原院歌会（恵慶集一七七—一八七）の序で、己のことを「花の山の塵にも継がず、宇治山の風もあふがぬ身なれども」と花山僧正遍照の後を継ぐ技量もなく、……と、その系譜にあることの認識を示す。

*「外つ国」—『家持集』にもあるが、本文に異同が多く安定しない。

*故郷の……—能因集・上・五

ここで、「*外つ国」という語が、能因のこの歌と、長和三年春（一〇一四）の「正言、出雲《いずも》へ下るとて、かういひおこせたり」という詞書の贈歌「*故郷《ふるさと》の花の都に住みわびて八雲《やくも》立つてふ出雲へぞ行く」に対する能因の返歌、

外《と》つ国もいづにもあるを君などて八雲立つてふ浦にしも行く

と、平安前期の玄賓僧都《げんぴんそうず》詠

外国は山水清し事多き君が都は住まぬまされり

の三首であることに注目したい。右の歌を収めた大江匡房《まさふさ》の『江談抄《ごうだんしょう》』を始めとして、*玄賓説話は平安後期に生きた能因より後のものだが、玄賓の歌は『*僧綱補任《そうごうぶにん》』巻一裏書《うらがき》にもある。またそこにある律師《りっし》を辞退した時の「三輪川」の歌は、能因と同時代の公任撰『和漢朗詠集』に作者玄賓として載る。能因は*玄賓の歌を念頭において詠んでいるだろう。右の能因が道家の項に記される『二中歴《にちゅうれき》』の聖人の項には「玄賓僧都興福寺法相宗」の名が見える。

能因は、本寺を去って備中国湯川の山寺に籠居《ろうきょ》したと伝えられる玄賓に、出羽国象潟の海人の苫屋に閑居する自分を重ね合わせたのであろう。

〇・五一。掲出歌はこの贈答歌を踏まえている。

＊玄賓説話―平安後期の『江談抄』を始めとして、『発心集』『古事談』『閑居友』『古今著聞集』『撰集抄』は中世である。

＊僧綱補任巻一裏書―〔平城天皇大同元年…〕玄賓辞㆓退両職㆒。去㆓本寺㆒。籠㆓居備中国哲多郡湯川山寺㆒。律師辞退歌云。三輪川ノ清キ流ニ洗テシ衣ノ袖ハ更に不穢《ケガサ》ジ。大僧都辞歌云。外国ハ山水清シ事多シ君ガ都ハ住マズステザレ。ちなみに、興福寺本「僧綱補任」は、平安末期製作。

＊玄賓の歌を…―「外国は山水清し」から「わび人は外つ国ぞよき」が、「事多き君が都は住まぬまされり」から「咲きて散る花の都はいそぎのみして」が生まれたのであろう。

25

幾年《いくとせ》に帰り来《き》ぬらん引き植《う》ゑし松の木陰《こかげ》に今日《けふ》休むかな

［京の家の松］

【出典】能因集・中・一二一

何年ぶりにこの地に帰って来たのだろう。昔引き抜いて植えた小松も大きくなって、その木陰で今日は心ゆくまで休息できることだよ。

【詞書】本文参照。

長元五年（一〇三二）の夏、再度の奥州の旅から三年ぶりに都に帰って来た能因四十五歳の歌。

詞書に「京に上りて、はやう植ゑし松の陰に涼みて之を詠む」とある。能因は摂津古曽部の児屋池亭だけでなく、京にも家を持っていたようだ。京に住んでいた寛弘三年（一〇〇六）ころ、大和の長谷寺《はせでら》に詣でた歌を15で見た。この時の生まれ育った家であろう。「はやう植ゑし松」とは「以前に植ゑた松」。自分の家の庭先に植えおいた小松がいつしか成長し、涼しい木陰をつくっている。そこで長旅の疲れをいやそうというのである。「樹陰納涼」詠として、西行の「*松が根の岩田の岸の夕涼み君があれなとおもほゆるかな」を想起させる。

この「幾年」詠には長途の旅から帰った感懐が窺われるが、能因は五年間在国した伊予から帰洛した寛徳二年（一〇四五）の、その夏、やはり時の流れを感じさせる、『*万代集《まんだいしゅう》』にも入集する歌を詠んでいる。

　　西の京に早う通ひし所の、あはれに変はれるを見て
　　*昔わが住みし都をきて見れば現《うつゝ》を夢と思ふなりけり

京都のこの家にいた昔、西の京の女性のもとに通い住んでいたのだろう。彼には13で触れた「河尻にて京のかたを見やりて」詠んだ「幾年」詠もある。

　　*葦火《あしび》たく長柄の浦を漕ぎ分けて幾年といふに都見るらん

長久元年（一〇四〇）暮、故大江公資《きんより》邸を訪れた折り（09）以来、三年ぶりに彼方の都を眺め遣る能因五十六歳の感懐である。兄事した嘉言《よしとき》の、

　　*行くと来《く》と昔見なれし逢坂を幾年といふに今日《けふ》越えぬらん

を、二首とも念頭に置いていよう。

*松が根の…―山家集・下・雑・一〇七七。

*万代集―鎌倉中期の私撰集。二〇巻。真観、藤原家良らによって宝治三年（一二四九）奏覧された。

*昔わが…―若い頃の都と、今は全く変わってしまっていて、今の現実がまるで夢のように思われる（能因集・下・二五一）。万代集・雑歌二・三二一六。

*葦火たく…―能因集・下・二三七。

*行くと来と…―詞書「美濃に通ひて年ごろになりて、人の東《ひむがし》坂より返るとて、逢坂の関より」嘉言集・四八。東坂は、滋賀県大津市、比叡山の東側の坂道。

26

陸奥《みちのく》の白尾《しらを》の鷹《たか》を手に据《す》ゑて浅茅《あさぢ》の原を行くは誰《た》が子ぞ

［白尾の鷹］

【出典】能因集・中・一二五

陸奥の白い羽を継尾《つぎお》した白尾の鷹を拳《こぶし》に据えて、浅茅が繁った野原を行くのは、いったい誰であろうか。

能因は長途の奥州の旅から帰洛してすぐにこの「東国風俗《とうごくふぞく》五首」を詠んだ。まるで自分の感取《かんしゅ》した東国の雰囲気を封じこめておくためのように。これはその三首目。「風俗」は「風俗歌《ふぞくうた》」と同じ。各地方に行われた民謡的な古歌謡《こかよう》を言うが、承徳本古謡集に「陸奥風俗《みちのくのふぞく》」が五首あるように、東国、特に陸奥は風俗歌の地として知られた。その地を旅して触発された作。

再度陸奥下向の「陸奥《みちの》国にいきつきて、信夫《しのぶ》の郡《こほり》にてはやう見し人を尋ぬ

【詞書】東国風俗五首

【語釈】○白尾の鷹―白い羽を尾羽に継いだ鷹。『西園寺鷹百首』九十三首目の注に「鷹に白尾つぐ事、一條院の御宇、行幸の御狩の時、鷹、古山を思気色有ければ、政《せい》頼《らひ》卿、鷹の尾を切て、くぐ

れば、その人は亡くなりにきといへば」と詞書する22「浅茅《あさぢ》原荒れたる野べは昔見し人をしのぶのわたりなりけり」や、冒頭01の「別るれど安積《あさか》の沼の駒なれば面影《おもかげ》にこそ離れざりけれ」、「取りつなぐ駒とも人を見てしかなつひにはあれじと思ふばかりに」の二首に見るように、能因は陸奥の地に相当深く根づくような生活をしていた。「白尾の鷹」とその鷹を使う鷹飼《たかかい》を詠んだこの歌も、典雅《てんが》な鷹狩の歌（27参照）ではない。

平安朝に頭や胸に白い羽毛のある「白斑《しらふ》の鷹」は詠まれた。『後拾遺集』に載る「*鳥屋《とや》かへる白斑の鷹の木居《こゐ》をのみ雪げの空に合せつるかな」、『金葉《きんよう》集《しゅう》』に載る「*はし鷹の白斑に色やまがふらむとがへる山に霰《あられ》ふるなり」など。「白尾の鷹」は能因の他に認められない。その歌も、和歌本文には「しらを」の「を」の右傍に「ふ歟《か》」とあり、「白斑の鷹」という語しか当時、和歌世界では認識されていなかった。しかし、「白尾の鷹」は存在する。『*夫木抄』はこの能因の歌を「白尾の鷹」として収めており、『西園寺《さいをんじ》鷹百首』などの鎌倉・室町時代の『*鷹百首』や鷹を使う人の用いる特殊な用語を集めた『鷹詞《たかことば》』にも「白尾の鷹」は見える。

能因のこの歌を最終詠として二十八首を収める動物「鷹」部を持つ、十四

ひの君しらずにて、白く尾をつぎけり。鷹の、尾の上の白きを見て、いまだ尾の上に雪のある心して、古山を思忘けり。御門御尋之時、政頼、「二月《きさらぎ》の尾上の雪はしらねども心任《まか》せに尋てぞゆく」と仕けり」と由来を記す。○誰が子―「子」は「人」を親しんでいう語。神楽歌の「剣《つるぎ》」に「銀《しろがね》の目貫《めぬき》の太刀《たち》を下げ佩《は》きて奈良の都を練《ね》るは誰《た》が子ぞ練るは誰が子ぞ」と見える。

＊鳥屋かへる…―詞書「障子に雪の朝《あした》鷹狩したる所を詠み侍ける」後拾遺集・冬・三九三・民部卿長家。

＊はし鷹の…―詞書「深山の霰をよめる」金葉集・冬・二七六・大江匡房。

＊夫木抄―藤原長清撰の三十六巻約一万七千三百首からなる私撰類題和歌集。延慶

世紀初頭になった『夫木抄』には、平安朝では他に十世紀後半の曾禰好忠*と西行*の歌がある。『好忠集』（毎月集三百六十首和歌・二二七）の「八月中」と詞書する、

　鳥屋見ればわが夏飼《なつかひ》のかたかへり秋来にけりと尾羽《をば》ぞしなへる

と、『山家集《さんかしゅう》』（下・雑・一三八九）の「二つありける鷹の、伊良胡渡り《いらこ》*をすると申しけるが、一つの鷹は留まりて、木の末に掛りて侍ると申しけるをききて」と詞書する、

　巣鷹《すだか》渡る伊良胡*が崎を疑ひてなほ木に帰る山帰りかな

この二首も独特な鷹の生態を描く。好忠の「かたかへり」は、和名抄に「鷹。広雅云二歳名二之撫鷹一（俗云加太加閉利《かたかへり》）」とある。夏から飼った二歳鷹の尾羽がやわらかで美しい様。西行の歌も志摩《しま》半島の答志《とうし》あたりで、土地の人の行う鷹の能力テスト「伊良胡渡り」に関心をそそられて詠んだもの。雛《ひな》のうちから育てた「巣鷹」と中途から飼育した「山帰り*」。疑わず一途に飛び去る「巣鷹」と不安げに梢にとまる「山帰り」。「巣鷹」よりも「山帰り」が我々に深く訴えるのは、西行がそこに現下《げんか》のわが姿を見たからであろう。この訴求力《そきゅうりょく》に比べると、好忠や能因の歌は牧歌的ですらある。伝統和歌に

三年（一三一〇）頃の成立。歌謡や俗語方言を使った歌や散逸歌集の歌なども収録した貴重な資料。

＊鷹百首―伝公経、慈円作『鷹百首』や伝定家、良経作『鷹三百首』などの鷹を詠んだ和歌。

＊曾禰好忠―18参照。

＊西行―14 20 21 22 24参照。

＊伊良胡渡り―志摩半島（三重県）側から渥美半島（愛知県）の伊良胡岬へ飛び渡ること。

＊伊良胡が崎―芭蕉に「鷹一つ見付けてうれしいらご崎」の句がある（『笈の小文』）。

＊山帰り―山にいて毛変りしたのを捕えて飼育した鷹。

対する新たな試みは、曾禰好忠や能因を経て、西行に結実したと思われる。
能因の歌は、「白尾の鷹」とその「鷹を手にするゑて浅茅の原を行く」鷹飼の実態を親しみをこめてイメージ鮮明に捉えていて印象深い。「白尾の鷹」と「鷹飼」、とてもユニークな珍しい歌材である。鷹狩は貴族に好まれたが飼育の実際は鷹飼まかせであったろう。そういう中で、能因が鷹飼と昵懇であったろうことを22「信夫の郡」の「浅茅原」の歌で見た。室町幕府《むろまちばくふ》の鷹飼の伝書『養鷹秘抄《ようようひしょう》』は、伝説の鷹飼源政頼《せいらい》を「奥州の国しのぶの住人禰津政《せい》頼《らい》」とする。『万代集』はこの能因の「白尾の鷹」歌を「信夫の鷹」として収める。信夫は古来から鷹の産地として著名であった。能因は馬を飼う人だけでなく、信夫の鷹飼とも昵懇であった。彼には土俗《どぞく》に身を投じる強さがあったのである。

第五句の「誰が子ぞ」は天智《てんじ》天皇の歌として伝わる「朝倉や木《き》の丸殿に我がをれば名宣《の》りをしつつ行くは誰が子ぞ」（新古今集・雑歌中・一六八九）に基づく表現。本来は神楽歌《かぐらうた》の「朝倉」にうたわれた歌で、「東国風俗五首」と題するにあたり、そうした素朴な民謡調を意図して取り込んだのであろう。勿論、陸奥の風俗歌の味わいを出すためである。

27

うち払ふ雪も止《や》まなん御狩《みかり》野《の》の雉子《きゞす》の跡《あと》も尋《たづ》ぬばかりに

［鷹狩り］

【出典】能因集・下・二三三、後拾遺和歌集・冬・三九四

降りかかるのを払わなければならない雪も止んでほしい。せめて御狩野の雉子の足跡を辿ってゆけるほどに。

陸奥の旅で見た実景を記憶に留めて詠んだ鷹と鷹飼の歌に続いて、「鷹狩《たかがり》」題の歌である。長久《ちょうきゅう》四年（一〇四三）資業家歌会十首（14）の最終詠《さいしゅうえい》。雪の中を雉子《きじ》の足跡を追う狩人《かりうど》の心を詠んだものである。詞書「鷹狩を詠める」として『後拾遺集』にも載る。

「鷹狩」と詞書する歌は八代集《はちだいしゅう》では後拾遺集以降に見え、全部で十一首。*後拾遺集ではこの能因を挟んで、道長《みちなが》の六男、藤原長家《ながいえ》（26参照）と藤原家《いえ》

【語釈】○止まなん―「なん」は動詞の未然形について他に対して誂え望む意を示す終助詞。○御狩野―皇室の御領である狩場。○雉子―きゞすとは、きじをいふなり（能因歌枕広本）。雉《きじ》の雅語。

経男《つねだん》、律師長済《ちょうさい》の歌が並ぶ。後で述べる『詞花集《しかしゅう》』の藤原長能、『金葉集』の源道済の歌もあるから、当代鷹狩を詠んだのは、長家を除いてすべて能因とその周辺にいた人々である。また、能因—六人党の頼実—俊頼という系譜(16)にある源*俊頼《としより》に二首あるのも注目される。

右の歌にある「うち払ふ」を詠んだ先行歌に、鷹狩りに用いる小形の鷹「はし鷹」の羽にかかる雪をうち払う様子をうたった*道済《みちなり》の二首があり、

御狩する交野《かたの》へぞ行くはし鷹の羽うち払ひ雪は降りつつ

濡《ぬ》れ濡れもなほ狩り行かんはし鷹の上羽《うはゞ》の雪を打ち払ひつゝ

「御狩野」「雉子《きゞす》」を詠んだ先行歌に、長能の各一首がある。

いづれの中納言にか、御屏風《びょうぶ》の料とのたまはせければ

*御狩野の御園《みその》に立てる一《ひと》つ松とがへる鷹の木居《こゐ》にかもせむ

屏風絵に鳥おほく群れゐて旅人の眺望する所をよめる

*狩に来《こ》ば行きてもみまし片岡の朝《あした》の原に雉子鳴くなり

能因は師である長能《ながとう》の歌を『玄玄集』に最多の十首選んだが、その筆頭《ひっとう》は『詞花集』にも選ばれた、

*霰《あられ》降る交野の御野《みの》の狩衣《かりころも》濡れぬ宿貸す人しなければ

*全部で十一首—後拾遺3、金葉3、詞花1、千載3、新古今1。

*俊頼に二首—金葉集・冬・二八二、千載集・冬歌・四二三。

*道済の二首—「御狩する…」道済集二〇二。「濡れ濡れも…」金葉集・冬・二八一詞書「雪中鷹狩をよめる」。

*御狩野の…—長能集二二〇、長保三年（一〇〇一）権中納言殿（藤原斉信）の御屏風の歌か。玄玄集・七〇。

*狩に来ば…—後拾遺集・春上・四七。長保元年十一月一日彰子入内屏風歌。

*霰降る…—長能集・一九一、玄玄集・六三、三奏本金葉集・冬・二九五、詞花集・冬・一五二詞書「鷹狩を詠める」。

である。この長能の歌は、『伊勢物語』（八二段）や『古今和歌集』に語られている交野の狩りの場面で、在原業平《ありわらのなりひら》の歌を唱和《しょうわ》するばかりの惟喬親王《これたかのみこ》に代って紀有常《ありつね》が業平の詠に返した「一年《ひととせ》に一度《ひとたび》来ます君待てば宿貸す人もあらじとぞ思ふ」（羇旅歌・四一九）を思い起こして詠んだもので、典雅な情趣が漂う。ここ交野では宿を貸す人がいないので、霰が降る中で狩するその衣は濡れてしまったというのであろう。

清輔の『袋草紙』によれば、*藤原公実《きんざね》は、この長能《ながとう》の「濡れぬ」歌を、先の道済《みちなり》の「濡れ濡れも」歌と比較して、勝劣無しと語ったという。この*当時の舞人《まいびと》、武忠《たけただ》と信貞《のぶさだ》に喩えたその評が言い得て妙なので紹介する。

長能の歌は、*武忠が誠につきづきしく、口わきのこびて、躰をせめてをどりて出で来るに、道済の歌は、*信貞がまことによくて、うちすてたるやうにて、のさびまでさしあゆみて出で来る様なり。

長能の歌は、武忠の舞がいかにも好ましく、口許《くちもと》が艶《なま》めかしく、体を烈しく動かして踊り出てくるようで、道済の歌は、信貞の舞がまことに立派で、無造作な様子で、ゆったりと音も立てぬ差し足で出てくるようだ。

その後に清輔は「ただし」として、両者が競いあって優劣を四条大納言《しじょうだいなごん》

*藤原公実―天喜元年（一〇五三）―嘉承二年（一一〇七）。大納言藤原実季男。母は大弐藤原経平女。源俊頼の企画・推進により『堀河百首』を勧進した。

*当時の舞人―下毛野武忠と播磨信貞は、当時の著名な随身で、『中右記』寛治六年（一〇九二）四月二十日など数度にわたり舞人として一緒に名を連ねている。

*武忠…―武忠の舞がいかにも好ましく、口許《もと》がなまめかしく、体を烈しく動かして踊り出てくるようで。

公任《きんとう》にお尋ねしたところ、道済の歌に感嘆されたという『俊頼髄脳《としよりずいのう》』にも見える話を付して、「如何《いかん》」と疑問を呈している。清輔は公実が優劣つけ難しと語った話を前面に出し、後に付した公任の態度に疑問を呈している。清輔はむしろ長能の歌を買っていたのだろう。

　長能のこの歌は、『長能《ながとう》集』では「*中宮御屏風《びょうぶ》に、狩する所にあき霰ふる」と詞書し、宮城野の萩、小倉山の紅葉を詠んだ歌が続く。『道済集』の「*寛弘五年七月或所屏風」と題する中にも「秋の宮城野に旅人過行く、紅葉《もみぢ》あり、野花あり」、「冬、小倉山、遊客見二紅葉一有二桴下者一」と詞書する歌があり、長能の「霰降る交野の御野の狩衣濡れぬ」歌に対応するのは、「交野、鷹犬者両三騎、経二廻雨霜霏下一」と詞書のある、先にも挙げた「御狩する交野」歌である。長能の「中宮御屏風」と道済の「寛弘五年七月或所屏風」は*同じ屏風であろう。そして道済は後年、この時の「御狩する交野」歌を、長能の同じ屏風絵を詠んだ「濡れぬ」歌から示唆《しさ》を得て、金葉集の「濡れ濡れも」歌に改作したのだろう。長能の「濡れぬ」歌を『玄玄集』「長能十首」の筆頭に選んだ能因は、道済の「濡れ濡れも」歌を『玄玄集』に選んでいない。清輔と同じく長能の歌の方に価値を認めていたのだろう。

*信貞…―信貞の舞がまことに立派で、無造作な様子で、ゆったりと見えるまで音も立てぬ差し足で出てくるようで。

*中宮御屏風―長能集一九一～一九三。

*寛弘五年七月或所屏風―道済集一九五～二〇二。一九八「秋の宮城野…」。二〇一「冬、小倉山…」。

*同じ屏風―九月に敦成親王(後の後一条天皇)の出産を控えた中宮彰子は、寛弘五年(一〇〇八)七月一六日上東門第に移った。その時点での道長の献上品。

28　夕されば汐風越して陸奥《みちのく》の野田の玉川千鳥鳴くなり

［野田玉川］

【出典】能因集・中・一四九、新古今和歌集・冬歌・六四三

夕べになると陸奥の野田の玉川を吹き越す汐風《しおかぜ》のかなたより、千鳥の鳴く声が、その風にのって聞こえてくるよ。

再度陸奥下向の旅で、塩釜の浦の「百羽掻《もゝはが》き」する鴫の羽風を詠んだ能因は、この歌では塩釜の浦近い「野田の玉川」を吹き越す汐風のかなたの千鳥鳴く声を詠んだ。かつて訪れた奥州に都から思いを馳せた長元六年（一〇三三）の「想像奥州十首」最終詠である。

師長能《ながとう》と兄事した嘉言《よしとき》の歌はこの歌からも想起される。長能の歌は、天延《てんえん》二年（九七四）九月に没した少将藤原義孝*と石山《いしやま》に出かけて詠んだ、

【語釈】○野田の玉川―宮城県塩竈市から多賀城市留ヶ谷を流れる川。能因の歌が初出、以後歌枕として定着。「陸奥の野田の玉川見わたせば汐風かけてこほる月影」（建保四年内裏百番歌合・順徳院）などが生まれる。

川霧*は川べをこめてたちにけりいづこなるらん千鳥鳴くなり

で、能因が『玄玄集』に選び入れ、『続詞花集』では能因の掲出歌に続く。もう一首、『千載集』に「傅大納言道綱家歌合に、千鳥をよめる」とする、

妹*がりと佐保の川べを分け行けばさ夜や更けぬる千鳥鳴くなり

という、寛弘五年（一〇〇八）冬の歌がある。「川霧は」歌には、紀友則《きのとものり》の「夕されば佐保の川原の川霧に友まどはせる千鳥鳴くなり」（拾遺集・冬・二三八）という先行歌《せんこうか》があり、「妹がりと」歌にも、右の友則と、『無名抄《みみょうしょう》』「俊恵定二歌体一事」に「この哥《うた》ばかり面影ある類《たぐひ》はなし」と評された紀貫之の「思ひかね妹がり行けば冬の夜の川風寒み千鳥鳴くなり」（同右・二二四）がある。能因は「川霧」や「川風」を「汐風越して」として、新鮮な感覚をもたらした。

着想を得たのは嘉言の次の歌であろう。

春*の夜に寝覚めて聞けば播磨潟伊保*の湊《みなと》に千鳥鳴くなり

再度陸奥下向の旅では、鴫の「百羽《もゝは》掻《が》き」による「羽風」を捉えて、塩釜の浦の旅愁を歌い、本作ではかつての旅の経験による実感を凝縮して、「汐風」の彼方より「千鳥鳴く」声が聞こえる野田の玉川の寂寥を描ききった。その到達が『新古今和歌集』に入集、『隠岐本』にも採用せしめたのであろう。

＊藤原義孝―天暦八年（九五四）―天延二年（九七四）。一条摂政伊尹の四男。母は恵子女王。行成の父。中古三十六歌仙の一人。家集『義孝集』。

＊川霧は……―長能集一四、玄玄集・六七、続詞花集・冬・二九七。

＊妹がりと……―18の脚注参照。

＊春の夜に……―嘉言集二四。

＊播磨潟伊保の湊―現在兵庫県高砂市伊保港町一丁目に山陽電鉄伊保駅がある。

29

時鳥《ほとゝぎす》き鳴かぬ宵《よひ》のしるからば寝《ぬ》る夜《よ》も一夜《ひとよ》あらましものを

［時鳥の声］

【出典】能因集・下・一六二、後拾遺和歌集・夏・二〇一

ほととぎすの来て鳴かない宵が始めからはっきり分かっているのなら、いたずらに待つことなくゆっくり寝られる夜も一晩くらいあろうのに。

【語釈】○しるからば—形容詞「著《しる》し」の未然形。

夏のほととぎすの声は、春の鶯《うぐいす》、秋の雁《かり》と並んで和歌史《わかし》を代表する鳥の情趣《じょう しゅ》をもつ。鶯とともにその初音《はつね》を待つことがよく詠まれた。長元八年（一〇三五）五月十六日「高陽院水閣歌合」の撰外歌《せんがいか》であったこの歌も、ひたすら「待つ」思いに執《しゅう》したものとして能因が自信を持っていた一首であった。

清輔*の『袋草紙』に能因が訪れた「人々」に対して、「私が歌境に達したのは好きに徹したからです」と言い、次いで従来の郭公《ほととぎす》を詠んだ秀歌五首

＊清輔—32の脚注参照。

に自作のこの一首を加えて六首としたと伝える。「人々」は清輔義弟顕昭《けんしょう》の『後拾遺抄注』によれば、「*永承六人党」である。

　*頼綱朝臣は能因に遇《あ》ひて云はく、「当初《そのかみ》能因東山に住むの比《ころ》、人々相ひ伴ひて行き向ひて精《くは》しく談ず。能因云はく、「*我れ歌に達するは、好き給ふる所なり」と云々。又云はく、「郭公の秀歌は五首なり。而して能因が歌を相ひ加ふれば六首なり」と云々。件《くだん》の歌は、

　　郭公き鳴かぬよひのしるからばぬるよも一よあらましものを

『能因集』下巻は「長元八年夏、*関白殿歌合十首」から始まる。能因の歌の力量が公に認められるようになったのは、この「関白左大臣頼通歌合」であった。催された頼通《よりみち》の邸宅にちなみ「高陽院水閣歌合」と称される。道長全盛の世が過ぎて、長元五年（一〇三二）「上東門院菊合《じょうとうもんいんきくあわせ》」に端緒を開いた晴儀歌合《せいぎうたあわせ》は、この歌合に結実した。*頼通は、*天徳内裏《てんとくだいり》歌合において村上《むらかみ》天皇が体現《たいげん》された役割を果たした。この歌は、夏季八題、月・五月雨・池水・菖蒲・瞿麦《なでしこ》・郭公・蛍・照射に祝・恋の二題を加えた十題中の「郭公」題歌である。能因の自信作であったこの一首は、撰歌にあたった北山隠棲《いんせい》中の公任の選評を越えて、後に『後拾遺集』や『古来風体抄』に撰入されて、高い評価を得た。

＊永承六人党―「六人党」（長元・長暦・長久年間）から長久五年に亡くなった源頼実を除き、同年肥後守として下向した橘義清に代わって弟の為仲を加える。すなわち藤原範永・平棟仲・藤原経衡・源頼家・源兼長重成・橘為仲の六人より成る。

＊頼綱―頼実の弟で多田を伝領した官僚歌人（一〇二四―一〇九七）。

＊我れ歌に達するは…―09「数奇《すき》給へ、すきぬれば歌はよむ」と共に能因の数奇を伝える言辞として知られる。

＊関白殿歌合十首―能因集・下・一五九〜一六八。

＊頼通―30参照。

＊天徳内裏歌合―31参照。

六人党歌人の間に重きをなした能因のこの歌と酷似《こくじ》した一首を、＊源頼実《よりざね》が、長久二年（一〇四一）四月七日の＊源大納言家歌合で詠んでいる。

＊ほと〻ぎす来鳴く道だにしるからば逢坂までも行くべきものを

「六人党」の牽引力となる頼実は高陽院歌合左方の設営に携わっており、撰外歌であった能因の歌を知り得る機会があった。高陽院の、左方一行の控え所である文殿《ふどの》は東 対《ひがしのたい》の北方にあり、大変遠いので、文殿から二艘《そう》の舟に乗って水閣（釣殿《つりどの》）まで行くことになった。『栄花物語』歌合の巻の「申《さる》の時ばかりに、左の方の人〳〵、色〳〵のうす物を屋形にはりて、金《かね》の常夏《とこなつ》の花押《お》したる船二つに乗りて、笛けしきばかり吹きすさびて、伊勢の海うたひて、池の心にまかせて棹《さお》さして参るを見れば」と描写される棹を採る「蔵人所＊雑色《ざふしき》」の中に頼実がいたことや、『左経記《さけいき》』の「浮泉綾《ふせんれう》を以テ紫ニ染メ、所所花枝《はなのえ》ヲ縫イ、象眼《ざうがん》ヲ以テ青色ヲ浮カセ、所々銀ノ丸文ヲ施《ほどこ》ス」「打敷《うちじき》」を取り、蔵人俊経に手渡す「雑色一人」が頼実であることも、左方を応援する左方人《かたうど》であった藤原資業（14）の歌合「漢文日記」と右大弁《うだいべん》として公卿座にいた源経頼《つねより》の日記『左経記』を照合することで判る。頼実は「銀《かね》の洲浜に、沈の石立て〻鏡の水などしたる上に、尾上《おのへ》の松を植ゑ移すを数にした」

＊源頼実―16参照。

＊源大納言家歌合―長暦―長久（一〇三七―四三）にかけて、源師房の催した四度の歌合の第三回目。頼実の家集に詳しい。

＊ほと〻ぎす……―故侍中左金吾（頼実）家集・夏・一三。

＊雑色―蔵人所の下級職員。『枕草子』「身をかへたらむ人はかくやあらむと見ゆるものは」に「雑色の蔵人になりたる。去年《こぞ》霜月の臨時の祭に、御琴持たりし人とも見えず、君達《きんだち》に連れ立てありくは、いづくなりし人ぞとこそおぼゆれ」（伝能因所持本・二四二段）とある。

「＊員指《かずさし》洲浜《すはま》」を一人で担《かつ》いでもいる。水閣の身屋《もや》にあった頼通をはじめ、東《ひがし》廂《びさし》の間に居並ぶ二十人ばかりの公卿。各々二十人程の殿上人《てんじょうびと》より成る方人は、左方は東の簀子敷《すのこじき》の東階北の間に座し、橘義清《よしきよ》、源頼家《よりいえ》もいた右方は南の間にいた。彼らの見守る中で頼実はこれらを行ったのである。この和歌史上大きな意味を持つ歌合の現場に居合わせた時、彼は二十一歳であった。この年、雑色に補された頼実は、それ以前は恐らく、蔵人所で雑事を勤める所衆《ところのしゅう》であり、既に先輩と昵懇であったろう。作歌活動に取り組む雰囲気が醸成《じょうせい》されていた中で、この歌合に参仕《さんし》したことが歌作に打ち込む契機になり、若き情熱で、義清、頼家ら歌心のある蔵人所の先輩を巻き込み、左衛《さえ》門督《もんのかみ》として公卿座にいた主家の＊源師房《もろふさ》の庇護を受け、心を合わせて、「六人党」の作歌活動を展開していったと思われる。

　二度に亘る奥州の旅を終え、能因の景物を見る眼は格段に深化していた。「想像奥州十首」を試みるような長い錬磨を経て、経頼がその記の十六日条を「天徳ノ後此ノ事無シ、仍《よ》リテ後鑑《こうかん》ニ備ヘンガ為、略《ほ》ボ以テ之ヲ記ス」と結んだ、この晴儀歌合への出詠を果たし、「郭公」の秀歌を得た。出家して二十二年、四十八歳の能因の面目は如何《いか》ばかりであったろう。

＊員指洲浜―歌の勝負判を標示する員指のある箱庭ようのもの。

＊源師房―寛弘五年（一〇〇八）―承保四年（一〇七七）。七十歳。村上天皇皇子具平親王一男。母為平親王女。藤原頼通の猶子となる。右大臣従一位。自家歌合を主催。永承年間以降、家司であった禖子内親王家歌合を支えた。日記に『土右記』。

30

世の中を思ひ捨てし身なれども心弱《よわ》しと花に見えぬる

〔思ひ捨てし身〕

【出典】後拾遺和歌集・春上・一一七

俗世を思い捨てたわが身ですが、花の美しさに未練を残して、心弱き者と桜の花に見られてしまいました。

『能因集』の下限は寛徳二年（一〇四五）秋の詠である。ここよりそれ以降の永承年間の歌を勅撰集《ちょくせんしゅう》などから見て行こう。この歌は同年春に伊予から帰洛した後の能因の心の在り方の窺われる歌。五十八歳以降の作。世を捨てたにも拘わらず、心弱くも、現世の花の美しさになお心を動かされる、桜の花に「心弱し」と見られたと詠んでいる。

長和二年（一〇一三）二十六歳で出家した際の歌に、

【詞書】賀陽院の花盛りに忍びて東面の山の花見にまかり歩《あり》きければ、宇治前太政大臣聞きつけて、この程いかなる歌か詠みたるなど問はせて侍りければ、久しく田舎に侍りてさるべき歌なども詠み侍らず、今日かくなむ覚ゆる、とて詠みて侍り

*今日《けふ》こそは初《はじ》めて捨《す》つる憂《う》き身なれいつかはつひに厭《いと》ひはつべき

とあるが、三十余年経った今も、「世の中を思ひ捨ててし身」だけれども、「心弱し」と能因は詠むのである。再度奥州下向の旅の長元四年（一〇三一）秋に、陸奥国で懇意《こんい》にしていた人が亡くなり、その家に出向いてその死を悼《いた》み（冒頭01で触れた）、水路を利用して、出羽国象潟《きさかた》に帰った（24）。その時に「かうのみありてなど思《おも》ひて」詠んだ歌がある。

*岩間ゆく水にも似たるわが身かな心にもあらでのどけからぬよ

この「岩間ゆく水」最上峡谷《もがみきようこく》の急流にこと寄せて心境を詠んだ作は、右の「今日こそは」の二首後の、出家直後にわが心、自己の内面を凝視した詠、

背けども背かれぬはた身なりけり心のほかに憂き世なければ

に重ねられるように思う。象潟でわび人に徹した生活を送ろうとしながらも、時にはこのような思いを抱く。自分の心の中を見つめ、率直に表現している。どこまでも自己の心情に忠実であろうとする能因の資質が窺える。

歌に付された長い詞書に、*賀陽院《かやいん》の花盛りに、密かに東面の築山《つきやま》の花見に参上して歩いたところ、宇治前太政大臣*藤原頼通が能因参上を聞きつけて「近頃どのような歌を詠んでいるか」などと下問されたので、「長らく田舎に

ける。

【左注】これを聞きて、太政大臣いとあはれなりと言ひて被《かづけ》物などして侍けりとなん言ひ伝へたる

*今日こそは…—能因集・中・七二。

*岩間ゆく…—能因集・中・一一九。

*賀陽院—高陽院に同じ。

*藤原頼通—正暦三年（九九二）—延久六年（一〇七四）二月二日。八十三歳。藤原道長一男。母は左大臣源雅信女倫子。道長の後を継いで、寛仁元年（一〇一七）—治暦四年（一〇六七）の五十一年間にわたり後一条・後朱雀・後冷泉三代の摂政・関白を務める。従一位に至る。宇治殿と称す。29 31 32の歌合の後も永承六年五月五日内裏歌合、天喜四年（一〇五六）四月三十

おりまして、申し上げられるような歌なども詠んでおりません。今日はこのように思います」といって詠んだ歌とあり、歌の後の左注に、この歌に感じて頼通が褒美に*被《かずけ》物を授けたとある。

この「田舎」について考えてみよう。能因と「宇治前太政大臣」頼通の確実な接点は、29で見た長元八年（一〇三五）五月十六日高陽院水閣歌合に能因が出詠したことに求められるから、この歌での出会いはそれから十年余を経た後のことになる。「田舎」は平安時代にあっては「都の外の地」であり、例えば能因の先達道済の「ある人の田舎へ下ると聞きて行きたるに、出でにける程にて、え逢はで帰りしかば」（道済集・九）の「田舎へ下る」は、地方官としての赴任ではなく、隠棲生活《いんせいせいかつ》に入ったものと解されている。その意味では、長元八年（一〇四五）以降の能因の「田舎」として、摂津の古曽部《こそべ》も想定可能だが、能因は、寛徳二年春伊予より帰洛して後は、老齢ということもあり、02で述べたように馬とは深く関わらず、これまでの交友関係を基に、歌人として、僧として生きていったと思われ、そうであれば、牧に近い摂津国古曽部に住む必然性もなかったろうから、古曽部のことではないと思われる。

また、僧である能因は、地方官として赴任するわけもなく、「田舎」とし

日皇后宮春秋歌合、治暦二年五月五日皇后宮歌合を後見した。『類聚歌合』十巻本編纂の企画推進者とされる。

＊被物―当座の褒美として与える品物。多くは衣類で、賜った者はこれを肩にかけて退いた。

ては、国司となった旧知を機縁に訪れた三河、遠江、美濃、伊予、美作国《みまさかのくに》が考えられるが、寛徳二年以前に訪れた三河、遠江、美濃国は該当しない。また、美作に下ったのは、『後拾遺集』に並ぶ能因の作の二首目の詞書「美作にまかり下りけるに大《おほい》まうちぎみの被物の事を思ひ出でて*範永《のりなが》朝臣のもとにつかはしける」から、「大《おほい》まうちぎみ」頼通から褒美をいただいた掲出歌の後と判るので、美作国でも無い。この「田舎」は伊予国となろう。能因は長暦四年（一〇四〇）春から寛徳二年春まで五年間も伊予に住んでいたのであるから、「久しく田舎に侍りて」の「田舎」を伊予国とするのは、その詞書の意味するところからもふさわしく思われる。

　能因の知友*藤原兼房《かねふさ》は永承三年（一〇四八）秋に守となって*美作国に下っている。彼を頼って能因が下向した折りの右に詞書を挙げた歌、

　世々経《よよふ》ともわれ忘れめや桜花苔《こけ》の袂《たもと》に散りてかかりし

は、永承三年秋以降近々の春、永承四年のものであろう。したがって、その前の掲出歌は、永承元年から三年に詠まれたもの、就中《なかんずく》能因が伊予から帰洛してある程度落ち着いた春、帰洛した寛徳二年の翌春、永承元年のある春の日の能因の姿を示していよう。

＊範永―藤原範永。正暦四年（九九三）頃―承保四年（一〇七七）。備中守為雅の孫、尾張守仲清男。母は従三位藤原永頼女。長和五年補蔵人、正四位下に至る。延久二年頃出家、津入道と号した。家集に『範永朝臣集』あり。能因の歌道の師、長能は大叔父（祖母の弟）であり、紫式部は又従姉妹（祖母義弟の孫）である。14参照。

＊藤原兼房―04に見える。

＊美作国―08参照。

31

嵐吹く御室《みむろ》の山の紅葉《もみぢ》ばは竜田《たつた》の川の錦《にしき》なりけり

［竜田の紅葉］

【出典】永承四年内裏歌合・七、後拾遺和歌集・秋下・三六六

烈しい山風が吹いて乱れ舞う御室山のもみじ葉は、竜田川の川面に散り敷いて、まるで錦織物のようだなあ。

永承四年（一〇四九）十一月九日、京極殿において催された『内裏歌合』の「紅葉」題の歌。四番左に組まれ、勝を得た、能因六十二歳の作。『百人一首』にも採られている歌なので、ご存じの方も多いだろう。

この歌合は、後冷泉天皇の主催した歌合であるが、関白左大臣頼通の助力が大きい。歌題は、松・月（二番）・紅葉（二番）・残菊（二番）・初雪・池水・擣衣（二番）・千鳥・祝・恋（二番）の十題十五番。判者は29に登場の

【語釈】○御室の山―奈良県生駒郡斑鳩《いかるが》町の竜田明神西南の神奈備《かんなび》山のこと。麓の竜田川と取り合わせて詠まれることが多い。○竜田の川―奈良県北西部、生駒山地の東側を南流し、斑鳩町で大和川に合流する川。紅葉の名所。『能因歌枕』大和国

源大納言師房。能因に近しい藤原資業《すけなり》（14）・藤原兼房《かねふさ》（04）、源経信《つねのぶ》、六人党の源兼長《かねなが》が左方として、相模（11）と藤原家経《いえつね》（14 16参照）が右方で出詠した。本歌合は、村上朝の*天徳四年内裏歌合以後久しく絶えていた晴儀の内裏歌合として、和歌史上注目すべきものである。天徳四年（九六〇）内裏歌合は、行事の盛大さ、和歌の秀逸、本格的な歌論などから、晴儀歌合の典型とされた。

九十年ぶりに催される内裏歌合に歌人として撰ばれて、能因は如何《いか》なる感懐を抱いたであろう。如何なる姿勢で臨んだであろう。この歌は、能因の秀歌を五首撰ぶとして、その中には入らないと思う。『百人一首』内での評価も、それほど高くない。能因の工夫、独創性はどこにあるのだろう。

「紅葉」を「錦」に見立てる発想は、『古今集』に見られる。

題しらず　　　　よみ人しらず

*竜田川紅葉乱れて流るめり渡らば錦中《なか》や絶えなむ

　　　　　　　　忠岑《ただみね》

*神奈備《かむなび》の御室の山を秋ゆけば錦たちきる心地こそすれ

「紅葉」を「錦」に見立てるのは目新しいことではなかった。

に「竜田《たつた》川」「神奈備《なび》山」あり。

*天徳四年内裏歌合―春・夏の景物や恋など十二題二十番の歌合。恋題」二十番において、左方、壬生忠見が右方、平兼盛の「忍ぶれど色に出にけりわが恋はものや思ふと人の問ふまで」に合わせた歌「恋すてふ我が名はまだき立ちにけり人知れずこそ思ひそめしか」に命をかけた逸話で名高い。29参照。

*竜田川…―古今集・秋歌下・二八三。

*神奈備の…―古今集・秋歌下・二九六。

また、この二首に詠まれる紅葉の名所は、この「嵐吹く」歌と同じ「竜田川」と「御室の山」である。能因はこれを踏襲《とうしゅう》しただけなのだろうか。能因の生きた時代に立ち戻って考えてみたい。

勅撰集においてそれまでの大和国の竜田川・竜田山に代わって山城国の歌枕である大堰川・大堰川右岸の小倉山（今の嵐山）の紅葉が登場するのは、寛弘二・三年（一〇〇五・一〇〇六）頃成立の『拾遺集』からで、*藤原公任《きんとう》の歌も収録されている。

嵐の山のもとをまかりけるに、紅葉のいたく
散り侍りければ　　右衛門督公任
*朝まだき嵐の山の寒ければ紅葉の錦きぬ人ぞなき

*小倉山「嵐の山」の語は、この公任の名歌によって貴族社会に一般化していった。つまり『拾遺集』から『後拾遺集』の頃、紅葉の名所は大堰川—小倉山（嵐の山）であった。

そこに敢《あ》えて能因は古今時代の伝統をもつ歌枕「竜田」を持ち出したのである。*『能因歌枕』（広本）には「河をよまば、よしの川、たつた川、おほ井川などをよむべし」「山をよまば、吉野山、あさくら山、みかさ山、たつた

＊藤原公任—康保三年（九六六）—長久二年（一〇四一）。七十六歳。中古三十六歌仙の一人。関白太政大臣頼忠の一男。母は醍醐天皇皇子代明親王三女厳子女王。正二位権大納言に至り、四条大納言と称された。家集『公任集』ほか、歌学書『新撰髄脳』『和歌九品』、撰集『拾遺抄』、秀歌撰『和漢朗詠集』、故実書『北山抄』など多数の著作がある。14 29参照。

＊朝まだき…—拾遺集・秋・二一〇。

＊小倉山—公任の歌を伝える諸書の内、『大鏡』が「小倉

やまなどよむべし」とある。「竜田川」は、古今時代の紅葉の名所であった。
先の『古今集』の「竜田川」で始まる歌に並ぶ歌も「竜田川」で始まる。

　　*竜田川もみぢ葉流る神奈備の御室の山に時雨ふるらし

「神奈備の御室の山」の「神奈備」は神の在所。「御室」も神の降臨する所。「神奈備」も「御室」も同意で、普通名詞であり、そこから地名に転じた。ここは竜田神社あたりの神奈備山を指すのであろう。

能因は、当代の小倉山（嵐の山）でなく、あえて時を貫《つらぬ》く伝統の重みを感じさせる歌枕「御室の山」「竜田川」を復活させることによって、晴儀にふさわしい格調と新鮮さをもたらそうとした。陸奥の歌枕を実体験し、『能因歌枕』を著《あらわ》したように、歌枕に明確な問題意識を持っていた能因だからこそ可能であったのであろう。右方の「侍従祐家《すけいえ》」が当代の「嵐の山」の紅葉

　　散りまがふ嵐の山のもみぢ葉は麓の里の秋にざりける

を歌ったのに対して、「能因法師」は古今時代の歌枕で対峙《たいじ》した。「神奈備の」でなく、動きのある「嵐吹く」を「御室の山」に冠し、調べを大きくした。「嵐吹く」を初句におかれると、右方の「嵐の山」の印象は薄くなる。状況に合わせるのも、能因の一面であった。

山嵐の風の寒ければ紅葉の錦きぬ人ぞなき」とするように、公任は「小倉山」を「嵐の山」と表現したのである。

＊能因歌枕―凡例参照。

＊竜田川……―古今集・秋歌下・二八四。

32

春がすみ志賀の山越えせし人にあふ心地《ここち》する花ざくらかな

［志賀の山越］

【出典】永承五年祐子内親王家歌合・一二

かつて春霞のたなびく志賀の山越え道で行き逢った美しい女人に、今まためぐり逢ったような心地がすることだなあ、この花桜を見ると。

本書は『内裏歌合』に続く『祐子内親王家歌合』で終える。この歌はその六番右「桜」題の歌。この歌にたゆたう花やいだ雰囲気と艶《えん》なイメージは際立っていて、時空を超える。美しい歌である。

祐子内親王は、*後朱雀《ごすざく》天皇第三皇女。長暦二年（一〇三八）四月二十一日生まれ。母は、一条《いちじょう》天皇第一皇子で定子《ていし》皇后を母とする敦康《あつやす》親王女嫄子《げんし》女王。後朱雀中宮である嫄子が長暦三年祐子の妹禖子《ばいし》内親王を産んで亡くなった

【語釈】○志賀の山越え―滋賀県大津市滋賀里から京都市左京区北白川へ通じる山道。比叡山の麓を越える。『袖中抄』一七に「顕昭云、志賀山越とは北白河の滝のかたはらよりのぼりて如意のみねごえに志賀へ出る道也」とある。この山道は、六六

後、母の養父頼通の後見《こうけん》をうけ、高倉一宮とよばれた。

本歌合は、「後朱雀院一宮歌合」「賀陽院一宮歌合」とも呼ばれ、永承五年（一〇五〇）六月五日、外祖父関白左大臣藤原頼通の賀陽院第において、祐子内親王十三歳が催した歌合。実質的主催者は頼通である。歌題は、桜・郭公・鹿の三題、各六番。講師は左方、右大弁源経長（13参照）、右方、左大弁源資通（04参照）、判者は藤原道長男頼宗。歌人は、左方（女方）、（紫式部娘）大弐三位《だにのさんみ》・（赤染衛門娘）江侍従・伊勢大輔（14参照）・出羽弁（後一条天皇中宮威子女房・08参照）・小弁（祐子内親王家女房）・相模（11）に、右方（男方）、藤原資業（14）・藤原兼房（04）・藤原家経（14 16参照）・六人党の藤原範永（14 16 30参照）と藤原経衡に、能因であった。

この歌の眼目は『古今集』の紀貫之の歌を本歌として詠んだことにある。貫之の歌は、山道で逢った女人たちを、道も狭しと散る花に喩えている。都の女たちの花やかな気分が揺曳《ようえい》している。

志賀の山越えに女の多く逢へりけるによみてつかはしける

*梓《あづさ》弓春の山辺を越えくれば道も避《さ》りあへず花ぞ散りける

「志賀の山越え」は、*三代集《さんだいしゅう》時代には、屏風絵の画題として選ばれて、右

八年、天智天皇創建と伝えられる志賀の崇福寺（志賀寺あるいは志賀山寺とも）参詣の道として利用された。

*後朱雀天皇—寛弘六年（一〇〇九）—寛徳二年（一〇四五）正月十八日。三七歳。一条天皇第三皇子。母は藤原道長長女彰子（上東門院）。第六十九代天皇。

*梓弓……—古今集・春歌下・一一五

*三代集—古今・後撰・拾遺の三勅撰集をいう。

の『古今集』のように、詞書中にみえることが多い。『後拾遺集』頃から和歌本文中にも現われ、貫之の影響を受けて、桜が道に散り敷く景として詠まれるようになった。橘*成元《なるもと》の作がある。

　　山路落花をよめる
*桜花道みえぬまで散りにけりいかがはすべき志賀の山越

貫之が女人の一群を花にたとえて「道も避りあへず」と詠んだ趣向を、成元は実際の落花の景に転じた。この歌は、それ自身良い歌というわけではないが、その発想の源に思いをめぐらす時、興趣《きょうしゅ》を覚える。

実は、能因の歌は、貫之と成元の間に位置する。能因の「志賀の山越せし人」は、貫之であり、貫之が行き逢った女たちであろう。「志賀の山越」にまつわる艶《えん》なイメージを、能因は見逃していない。「花桜」という表現にその言語感覚が光る。「あふ心地する花桜かな」は、山路に桜が咲きこぼれる情景に、遥か「昔の人」へと思いを馳せるのである。それは一瞬の面影かもしれないが、印象は鮮烈である。

能因の歌は、この歌合において左方の相模の歌
浅緑かすむ山べは白たへの桜にのみぞ春は見えける

*橘成元―生没年未詳。八代集抄本『金葉集』勘物に忠元（能因孫）男とするが、橘氏の中で、能因男元任ら元字を共有する能因（橘永愷）の系統、天喜六年（一〇五八）八月丹後守公基朝臣歌合～寛治五年（一〇九一）十月十三日従二位藤原親子歌合への出詠を勘案すると、能因の孫世代であろう。源俊頼や藤原顕季との交誼もある。

*桜花…―後拾遺集・春上・一三七

に合わされて負けを喫した。*清輔《きよすけ》『袋草紙』の言うには、歌意が理解されなかったようである。能因の歌が『古今集』貫之の歌を本歌としていることに気づかなければ、その趣は理解しがたいかもしれない。

賀陽院一宮《かやのゐんいちのみや》歌合に、能因の歌に云はく、

　　はるがすみしがの山ごえせし人にあふ心ちする花ざくらかな

時の人、意を得ざるの由を称すと云々。ある人能因に問ひて云はく、「この御歌、世もつて不審となせり。その趣《おもむき》如何《いかん》」と。能因答ふることなし。仍《よ》りて興違《たが》ひして座を起ちて退去せし時、能因窃《ひそ》かに云はく、「故守《こかみ》は、歌をばかやうによめとこそありしか」とつぶやくと云々。

どういう意味かと問う者があったが、能因は秘伝と意識していたので答えなかった。で、尋ねた人は興ざめして座を起ってしまった。その時、能因はそっと、「故守は、歌をこのように詠めとおっしゃったのだ」とつぶやいたという。故守は、伊賀守であった藤原長能《ながとう》（13）。晩年の能因に長能の教えは生きていたのである。自己の魅了された対象に執拗なまでに傾倒し耽溺《たんでき》する「すき」の歌人、他人の眼には奇矯《ききょう》に映る行動もあった能因にして、師亡き後も忠実にその教えを守っていたことにある感動を覚える。

＊清輔—藤原清輔。天仁元年（一一〇八）—安元三年（一一七七）。七〇歳。平安末期の歌人、歌学者。六条家の始祖顕季の孫、顕輔の子。『続詞花和歌集』を撰したが、二条天皇の崩御のため勅撰集にならなかった。博学の人として知られ、『奥義抄』『和歌一字抄』『袋草紙』などの歌学書を書き、義弟顕昭とともに実証的な六条家の学風を大成し、藤原俊成の御子左家に相対した。家集に『清輔朝臣集』。

歌人略伝

能因俗名《ぞくみょう》は橘永愷《ながやす》、永延二年（九八八）の出生。近江守従四位上忠望《ただもち》晩年の子で、母は未詳。兄為愷《ためやす》の養子となり、為愷横死《おうし》ののち次兄元愷《もとやす》の養子となった。大学に学び文章生《もんじょうしょう》として出発。大江嘉言《よしとき》、源道済《みちなり》は先輩、橘則長《のりなが》、源為善《ためよし》、大江公資《きんより》、藤原資業《すけなり》は同輩で、その交遊は終生続いた。文章生時代、和歌を藤原長能《ながとう》に師事、歌道師承《かどうししょう》の先蹤《せんしょう》とされる。詩文にすぐれていたことは「予、天下の人事を歴覧するに、才有る者は必ず其の用有り、芸有る者は必ず其の利有り」で始まる自撰家集『能因集』大序に窺える。長和二年（一〇一三）秋、二十六歳の時出家し、洛東《らくとう》、東山長楽寺の僧坊を経て津（摂津《せっつ》）の国児屋《こや》（古曽部《こそべ》）（現大阪府高槻市）の山里に住む。世に児屋の入道、古曽部入道という。「白河の関」詠で知られる万寿二年（一〇二五）の初度奥州下向を始め、各地を旅し、好《すき》（数奇）の歌人としての逸話が『袋草紙』以下に散見する。没年は未詳だが、永承七年（一〇五二）四月末、六十五歳の時に淡路に下る橘為仲と詠み交わした歌が残る。和歌六人党の間に重きをなし、源俊頼ら次代をになった歌人に影響を与え、『拾遺集』から『後拾遺集』に至る勅撰集空白期をよくつないだ。家集のほかに、永延より寛徳までの秀歌を撰集した『玄玄集《げんげんしゅう》』、歌語の簡単な注釈・異名・詠法を示した部分と歌枕より成る歌学書『能因歌枕《のういんうたまくら》』、散佚《さんいつ》した『八十島記《やそしまのき》』の著がある。藤岡作太郎は「詠ずるところ、清新なる風趣を備え、字句の色彩に富みて、優に一家を成せり。……能因その（長能の）門に出でて藍より青く、風格やや西行に似たるものありて存す」と評した（『国文学全史　平安朝篇』）。

略年譜

年号	西暦	年齢	能因（橘永愷）の事跡	歴史事跡
永延二	九八八	1	誕生。	
正暦二	九九一	4	上総介藤原長能下向（13）（19）。	
長徳元	九九五	8	上総介藤原長能任終（13）（19）。	藤原実方任国陸奥下向。
四	九九八	11		藤原実方陸奥にて死す。
長保二	一〇〇〇	13	十三歳で大学寮に入学	
寛弘二	一〇〇五	18	早春庚申夜恋歌十首、春二首。	花山院の歌合「春の恋といふ題」長能三首。
三	一〇〇六	19	秋、東国へ旅立つ大江嘉言と贈答歌（19）。和歌を藤原長能に入門。伏見里詠（15）。	「拾遺和歌集」この頃成る。
四	一〇〇七	20	早春、御願寺（観教僧都）の紅梅の歌（07）。夏、源道済家歌会で嘉言・道済と詠歌（12）。秋、長能家七夕歌会（13）。	居貞親王（三条天皇）。

五	一〇〇八	21		花山法皇崩御〈41〉。
六	一〇〇九	22	任国対馬下向の嘉言と贈答歌（12）。	藤原長能没〈61〉。和泉式部、中宮彰子出仕。
七	一〇一〇	23	兄事した嘉言の哀傷歌（12）。山里詠（16）。	大江嘉言没〈53？〉。藤原保昌和泉式部結婚。
八	一〇一一	24		三条天皇即位。
九	一〇一二	25	晩春、東国（甲斐国）下向（17）。	観教僧都入滅〈79〉。
長和二	一〇一三	26	このころ出家（30）。	
三	一〇一四	27	正月朔日藤原広業が来訪。秋、右馬頭藤原保昌と贈答歌（03）。	式部大輔広業は永愷の恩師。
四	一〇一五	28	任国筑前下向の道済に送別歌。	
五	一〇一六	29		後一条天皇即位。
寛仁元	一〇一七	30		藤原頼通摂政となる。
二	一〇一八	31	中秋、広沢遍照寺の名月詠、藤原資業（14）。	藤原範永の秀歌。
三	一〇一九	32	夏、児屋池亭（古曽部）に居を定める（18）。先達道済の哀傷歌。	藤原道長出家。源道済没〈52？〉。藤原頼通関白となる。
四	一〇二〇	33	秋頃、大江公資任国相模《さがみ》下向を送る歌	『更級日記』浜名の橋の

			(09)。	記事。
治安元	一〇二一	34	元、二年源為善の任国三河へ下向(08)。	
二	一〇二二	35		
万寿元	一〇二四	37	白楽天にちなみ、児屋池亭感秋五首を詠む。 相模と詞書と上句が同じ歌を詠む(11)。 旧知橘則長、任国長門下向を送る歌(10)。	
二	一〇二五	38	春、初度奥州下向(20)。	
四	一〇二七	40		藤原道長没〈62〉。
長元元	一〇二八	41		藤原広業没〈53〉。
二	一〇二九	42	再度奥州下向(21)(22)(23)。	
三	一〇三〇	43	春から五年春夏の交まで出羽国象潟に足かけ三年幽居(24)。	
五	一〇三二	45	夏、長途の奥州の旅から帰洛(25)。 「東国風俗五首」を詠む(26)。 保昌六条邸の宮城野の萩の歌(05)。	歳末、公資任国遠江下向。
六	一〇三三	46	「想像奥州十首」を詠む(28)。	
七	一〇三四	47	公資の任国遠江へ下向(06)。	橘則長没〈53〉。

				和泉式部没か。
八	一〇三五	48	五月十六日高陽院水閣歌合出詠（29）。	
九	一〇三六	49	美濃（橘義通の任国）へ下向滞在（06）（24）。	後一条天皇崩御。後朱雀天皇即位。
長暦元	一〇三七	50	美濃より一時帰洛、昨秋没の保昌を追懐（05）。	藤原保昌没〈79〉。
二	一〇三八	51	春、故観教の紅梅を思い、為善と贈答歌（07）。夏、美濃に「閑居五首」（24）。九月十三日源大納言師房家歌合に道済男親範の代作。	為善も出詠。
四	一〇四〇	53	春、旧知藤原資業の任国伊予に下り（14）、任終まで滞在。同春、陸奥産の愛馬の死（01）。	
長久元	一〇四〇	53	歳暮、伊予国から一時帰洛の途中、備中守藤原兼房の館で詠歌（04）。歳暮、六月死去の旧知公資の五条東洞《とう》院の旧宅に一宿、偲ぶ歌（09）。	大江公資没〈55？〉。
二	一〇四一	54	四月七日源大納言師房家歌合（29）。	源頼実出詠

三	一〇四二	55	秋、伊予で旧知故備前前司為善の哀悼歌（08）。	源為善没〈58？〉。
四	一〇四三	56	伊予で資業家歌会（14）（27）。	
五	一〇四四	57	春、一時上洛の京より伊予へ至る（13）。 秋、伊予での生活の終焉、馬との別れ（02）。	
寛徳二	一〇四五	58	春、資業の任終わり、伊予の国より帰洛。 秋、『能因集』収載詠の下限。	後朱雀天皇崩御〈37〉。 後冷泉天皇即位。
永承元	一〇四六	59	春、述懐歌（30）（24）。 この頃『玄玄集』『能因歌枕』成るか。 この頃、『能因集』成るか。	
四年	一〇四九	62	春、兼房の任国美作下向（30）。 十一月九日内裏歌合出詠（31）。	
五	一〇五〇	63	六月五日庚申祐子内親王家歌合出詠（32）。	
六	一〇五一	64	正月、藤原家経〈59〉と難波の浦の葦を詠み交わす。	家経は広業男。 資業二月出家。
七	一〇五二	65	四月晦《つごもり》がた。橘為仲〈37？〉と難波の浦の時鳥を詠み交わす。	為仲は義通男。

解説

「友と生き　旅に生きた歌人　能因」——高重久美

能因は旅の歌人として知られる。中古三十六歌仙に数えられ、百人一首にも選ばれている。和歌について人となりについて逸話として語り継がれている。その人間能因の姿を、歌そのものに即して見て行こうとした。彼には上中下三巻からなる自撰家集『能因集』があり、二百五十六首の歌がおおよそ年代順に配列されている。この集は最晩年の能因が精魂傾けた最後の著作と思われる。すぐれた作品である。たとえば、十余年前に陸奥国から連れて来た愛馬が亡くなったことをモチーフとする連作で始め、馬との別れを暗示する二首の歌で結ぶ伊予下向歌群（0102）は、『伊勢物語』第九段「東下り」の歌「名にし負はばいざ言《こと》問《と》はむ都鳥わが思ふ人は　ありやなしやと」を連想させる歌から始まり、第四十五段の「暮れがたき夏の日ぐらしながむればそのこととなくものぞ悲しき」詠と響き合う歌で終わるという、『伊勢物語』との関係において首尾照応した、見事な構成を成している。

　この自撰『能因集』に沿って能因の実像に迫ろうとした。その際、花山院の『拾遺集』編纂に協力した、能因の師、藤原長能の正暦二年（九九一）から、能因を先達と仰ぎ、『後拾遺集』前夜を生きた和歌六人党の永承七年（一〇五二）までを射程に収めて、能因という人がいかに生き、その軌跡をいかにとどめようとしたのかを浮き彫りにするよう努めた。

馬寮という場

死んだ陸奥の国産まれの愛馬に対する限りない哀惜の情を示した冒頭の歌（01）、伊予での馬との別れを詠《うた》った歌（02）に続いて、能因と藤原保昌（03）や藤原兼房（04）との交友を見た。彼らの在りかたは、歌を作るということの、人生にとっての意味を考えさせる。能因がその死に対して二首追懐の歌を詠んだ保昌は、『能因集』に最初に登場する呼称が馬寮《めりょう》長官「馬頭保昌朝臣《むまのかみやすまさあそん》」であり、能因の死を悼んで心に残る秀歌を詠んだ兼房も、能因との最初の出会いは馬寮の官を通じてであった。能因と彼らとの最初の出会いは、雅交を目的とするものではなかった。それが馬寮という共通の場における日常の関係をもとにして、時を重ねる内に、心の奥底で共感するものが生まれ、風雅の友として、歌を詠み交わすようになっていった。この能因と、その妻和泉式部（05）を含めての保昌や、兼房との交遊は、文学が人と人とをその最も深いところで結びつけるものであることを教えてくれる。

文章生時代の知友

能因は心通わせうる友を、場を多く持っていた。彼は長暦四年（一〇四〇）春から寛徳二年（一〇四五）春まで伊予の国（愛媛県）に生活基盤を置いていた（01 02）。しかし、何故、五年もの長きにわたって、伊予国に住み続けたのであろうか。思いめぐらすに、長暦四年春に藤原資業（14）の伊予守赴任に従って下向した折りは、遠江守大江公資（09）を頼って遠江へ、美濃守橘義通（06）を頼って美濃に旅をしたような感覚で下っており、そこに長く滞在しようとは考えていなかったのであろう。しかし、彼が伊予下向する折りに都で存生の旧知は多くなかった。彼はそれまでに多くの旧知を亡くしている。四十歳足らず年長の歌の師、藤原長能（13、寛弘六年（一〇〇九）没）、三十歳ほど年長の、兄事した大江嘉言（12、寛弘七年没）、五十歳余年長の、源為善大叔父観教（07、寛弘九年没）、二十歳ほど年長の、為善従弟《いとこ》、先達源道済（11参照、寛仁三年（一〇一九）没）、後に能因の愛馬となった陸奥産の馬を贈った、歌人相模（11）の叔父慶滋為政（01 21参照、長元五年（一〇三二）三月廿七日以前没）、姻戚関係にあった橘則長（10、長元七年没）、そうして先にふれた三十歳年長の藤原保昌（長元九年没）。

能因が深い交友を結んだこうした人々は、歌の師、長能と僧観教を除いて、じつは、すべて嘗て文章生であった人々である。武勇で聞こえる保昌も、『今昔物語集』に「兵《つはもの》ノ家ニテ非ズ」とあるように、曾祖父菅根は式部大輔・文章博士、祖父元方は朱雀天皇侍読、父致忠も文章生であった。保昌自身も文章生の可能性もある。家門に漂う雰囲気もあり、学問、文章の素養は深かったであろう。文章生の数は多くて二十数人だったらしく（桃裕行『上代学制の研究』）、その交友の密であったことは、文章生の同輩橘則長（10）、源為善（08）、大江公資（09）、藤原資業（14）らとの寛弘年間の文章生時代以来の交友について、それぞれの歌の解説の中に記したとおりである。そして、伊予下向後の、長暦四年六月二十五日頃に大江公資が、長久三年（一〇四二）十月一日には源為善が亡くなった。能因の中では、文章生時代の同輩が二人も亡くなり、取り残される思いが募ったのであろう。彼は、その過程で、残る一人資業が伊予守である間は共に伊予国で暮らそうと思い至ったのであろう。

『能因集』大序と『文選』

ここで、能因が家集大序を「予、天下ノ人事ヲ歴覧スルニ、才有ル者ハ必ズ其ノ用有リ、芸有ル者ハ必ズ其ノ利有リ」（私が人間社会の事柄を一つ一つ見ていきますのに、優れた資質のそなわった人は必ずその才が取り立てられ、学術を身につけた人は必ず有益な結果を得ます）で始めていることが想起される。この「歴覧天下之人事」（天下ノ人事ヲ歴覧スル）は、魏曹丕《ぎのそうひ》（文帝）（一八七〜二二六）「呉質《ごしつ》ニ与フル書」（『文選』巻四十二、書）の「間者《このごろ》、諸子ノ文ヲ歴覧スルニ、之ニ対シテ涙ヲ抆《ぬぐ》ヒ、既ニ逝ク者ヲ痛ミ、行《ゆく》ゝ自《みづか》ラ念フ」（近ごろ、これらの人々の文章を一つ一つ見ていきますのに、これに対して涙をぬぐうことになります。この世を去っていった者を心から悲しみ、我が身の行く末を思うようになるのです）の「歴覧諸子之文」（諸子ノ文ヲ歴覧スル）を踏まえている。曹丕は、武帝曹操の長子で、文学を好んだ。後漢の献帝の建安（一九六〜二二〇）年間に、父曹操、弟曹植と共に、文学集団を作り、優れた学問・文章をもって渡り合った。その文学集団の中に逸材ぞろいの「諸子（建安七子）」がいた。その七人、既に長逝していた孔融《こうゆう》、阮瑀《げんう》に加えて、前年の大疫で、王粲《おうさん》、徐《じょ》幹《かん》、陳琳《ちんりん》、應瑒《おうとう》、劉楨《りゅうてい》らが亡くなった年（建安二十三年二一八）にこの「呉質ニ与フル書」は書かれている。諸子（建安七子）を失った曹丕は彼らの文章を批評した後に、先のように述べたのである。ここに言及される涙や痛哭は、その追懐の、深い気もちに裏打ちされていることが読み取れる。

曹丕は、「文章は経国の大業にして、不朽の盛事なり」の立言で知られる著名な文章論「典論論文」（『文選』巻五十二、論）の作者であり、古今を代表する文章家である。能因家集大序に、その人による「呉質ニ与フル書」を踏まえるのは、亡くなった学問、文章に優れた知友への能因の思いをこめたものにほかならない。彼ら七人、大江嘉言、源道済、慶滋為政、橘則長、藤原保昌、大江公資、源為善、学問に励み切磋琢磨した故人を悼む気持ちがこの家集の底流にあろう。能因最後の著作と思われる『能因集』の大序を曹丕の気持ちに重ねて書いたところに、文章道に学び励んだ旧知との絆、心通わせた知友への能因の思いの強さを窺うことができるのであり、能因の文人としての自負が、ある。

奥州の旅

奥州の旅については、死んだ陸奥の国産まれの愛馬に対する限りない哀惜の情を示した冒頭の歌（01）、長能、嘉言という東国における二人の先達について述べた（19）、白河関で知られる初度下向（20）、甲斐嶺詠で始まる再度下向（21）、陸奥国信夫里（22）、塩釜浦（23）、出羽国象潟のわび人としての足かけ三年の幽居生活詠（24）、信夫の里の白尾の鷹と鷹飼を思う歌を詠んだ「東国風俗」歌（26）、野田玉川を詠んだ「想像奥州」歌（28）を参照願いたい。陸奥や出羽は都人には想像するほかない隔絶の地であった。その憧れの名所歌枕を求めて奥州への旅を二度敢行し、「東国風俗五首」や「想像奥州十首」を詠み、『能因歌枕』まで著した彼の行為は時人の想像を越えるものであったろう。『袋草紙』以下の伝える逸話もその驚異の結晶にほかならない。

能因の出家の因は判然としない。が、文章道の同輩たちが次々と官途を得ていく中で、実父既に亡く養父となった長兄は横死といった状況下にあって、自己の前途に希望が持てなかったのが要因であろう。文章生として生きてゆく道を選んだものの、その「文章生時代における、文章道への期待とその反面をなす失意こそ、歌僧能因への転生の契機」（犬養廉「能因法師研究（一）」）となったのであろう。

読書案内

『隠遁歌人の源流　式子内親王・能因・西行』（笠間選書33）　奥村晃作　笠間書院　一九七五
歌の実作者である著者の歌人論。その第二部が「能因法師」で、「第一章生涯と生活1出家前の閲歴及び出家をめぐりて、2交友の範囲及び階級的出自について、3生活者能因について」と「第二章能因の作品世界をめぐって」より成る最初の一般向け能因論。

『一条朝文壇の研究』　福井迪子　桜楓社　一九八七
「大江嘉言考―詠歌活動とその交友―」に能因の兄事した嘉言についての考察がある。

『勅撰集歌人伝の研究』新典社研究叢書20　杉崎重遠　新典社　一九八八（東都書籍　昭和19年刊の復刻）能因の先達「源道済」と「善滋為政朝臣」の伝がある。

『後期摂関時代史の研究』　古代学協会　吉川弘文館　一九九〇
増田繁夫氏の「能因の歌道と求道―歌道における「すき」の成立―」所収。

『後拾遺時代歌人の研究』　千葉義孝　勉誠社　一九九一
後拾遺時代歌人を研究してきた千葉氏の遺稿。藤原範永・源頼実ら、能因と交流のあった六人党歌人の論があり、「藤原家経年譜考証」は従来永承五年六月及び十一月と考えられていた能因の最終詠を永承六年正月とした。

『摂関期和歌史の研究』　川村晃生　三弥井書店　一九九一
第一章第一節「能因法師研究」に「一初期能因伝をめぐって、二能因の旅、三能因と光孝源氏歌人たち、四能因と大江氏歌人たち、五説話の能因像、六能因の末裔」、「第二節平安歌人研究」に「二大江嘉言、三藤原兼房、四藤原資業」、第二章第二節四「和歌と漢詩文—後拾遺時代の諸相—」二「歌人の位相」に「1能因法師と白楽天、2歌人と大学寮」を所載。索引（人名、書名・一般事項、詩歌）がある。

『能因集注釈』　川村晃生校注・訳　貴重本刊行会　一九九二

能因の家集『能因集』の最初の本格的な注釈書。和歌初句索引あり。

『平安私家集』（新日本古典文学大系28）　犬養廉・後藤祥子・平野由紀子　岩波書店　一九九四

安法法師集・実方集・公任集など八つの家集の注釈。能因集は犬養・平野氏が担当。犬養氏は〔作者〕の項で永承七年までの生存が確認されるとした。脚注に鋭く光る指摘がある。初句索引、人名索引、地名索引がある。

『後拾遺和歌集新釈』（笠間注釈叢刊18-19）　犬養廉　平野由紀子　いさら会著　笠間書院　上巻一九九六　下巻一九九七

能因の歌は男性で最多の三十一首入集している。詠歌事情、補説が詳しく面白い。下巻に和歌（初句・四句）索引、作者・詞書等人名索引がある。

『平安　和歌と日記』　犬養廉　笠間書院　二〇〇四

戦後の能因研究を牽引してきた著者の最初で最後の一書。第一篇の第8章に能因を先達と仰いだ「和歌六人党に関する試論」を収め、第二篇の第3章「河原院の歌人達」で初期能因の関わった河原院を、第4章「藤原長能とその集」で能因の師長能について、第5章「能因法師研究（一）」でその歌人的出発までを、第6章「能因法師研究（二）」で青年期の周辺を、第9章「橘為仲とその集」で六人党の為仲について論じた。索引（和歌、書名）がある。

『和歌六人党とその時代』（研究叢書326）　高重久美　和泉書院　二〇〇五
三部構成の一の第二章「能因」に、「能因伊予下り」「能因と馬―伊予下りに関連して―」「能因と東山」「橘為義・義通と能因橘永愷」を所載。二の第二章「橘為仲朝臣集」には『平安私家集』において筆者の恩師である犬養氏が能因永承七年存生の根拠とされた稿を収める。人名索引がある。

『平安和歌研究』　平野由紀子　風間書房　二〇〇八
第一部の八能因に「能因集の一研究」「能因の想像奥州十首について」がある。索引（和歌、人名、事項）がある。

【付録エッセイ】

能《のう》因《いん》

安田章生

『王朝の歌人たち』（ＮＨＫブックス　昭和五十年四月）

安田章生《やすだあやお》（歌人・国文学者）［一九一七―一九七九］歌集に「表情」、和歌論集に「日本詩歌の正統」など。

能因の

都をば霞とともに立ちしかど秋風ぞ吹く白河の関

という歌に関して伝えられているエピソードは、有名です。春霞が立つ頃に、都を立ってみちのくへの旅に出かけたのだが、白河の関（現在、白河市）までやっとたどり着いた今、そこには秋の風が吹いている、というのですが、この歌を、能因は、あるとき、都にいて詠みました。さて、実際に旅もせずに詠んだというのでは口惜しいことだと思って、人に知られないようにして長いあいだ引きこもって、顔を陽に焼いて黒くし、旅に出かけたようにして後に、みちのくの方へ修行に出かけた時に詠んだといって、披露したというのです。このエピソードは、平安時代末期には、すでに出来あがっていまして、一般に知られていた模様です。

しかし、『能因法師家集』や『後拾遺集』に載っているこの歌の詞書を見ますと、万寿二年（一〇二五）三十八歳の時に、能因はみちのくまで出かけ、白河の関に宿ってこの歌を詠んだというようになっています。この方が事実なので、旅をせずに引きこもって顔を陽に焼いて後に発表したというのは、作り話だと思われます。なお、この後にも、彼は、もう一回みちのくまで出かけています。

ところで、先ほどのエピソードが生まれる背景には、実体験にもとづいて詠むのが歌を作る本当の態度なのであって、そういう実体験に支えられて初めてすぐれた歌ということができるのだ、という当時の歌論意識があったことが考えられます。当時は、和歌史の流れの上から見ますと、題詠ということが相当盛んになりつつあった時期なのですが、なお、根本的には、体験しないことを空想によって詠んだりすることはよくないことなのだという考えが存在していたことがわかります。

さらにもう一つ、右のエピソードが生まれた背景として、能因という人物は、一風変った人だ、歌に熱心で、歌のためならば、常識では考えられないような突飛なことをする人だ、という能因の人間像ということが考えられます。あるいは、こういうエピソードが生まれることによって、能因のそういう人間像が出来あがっていったのだともいえますけれども、じっさいに能因という人物には、何か常識はずれのものずきなところがあったようです。この話を伝えている『古今著聞集』も、能因のことを「至れるすきもの」（たいへんなすきもの）であったと批評しています。ここで「すきもの」というのは、世間の常識から見て、ものずきと思われることに熱中する人という意味でいっています。

能因については、こんな話も伝えられています。

藤原節信《としのぶ》という能因と同様に「すきもの」がいましたが、その節信と能因とが初めて会った時のことです。能因は、今日お会いした引出物として、あなたにお見せしたいものがあるといって、ふところから錦の小袋を取り出し、そのなかにしまってあった一枚の鉋屑《かんなくず》を見せて、これは私の大切な宝です、あの歌にも詠まれて有名な摂津の国の長柄《ながら》の橋を造った時の鉋屑です、といったというのです。

節信はたいへん喜んで、彼もまたふところから紙包みを出します。ひらいて見せたのは、ひからびた蛙です。そして、これは、あの歌にも詠まれて有名な山城国の井手《いで》の蛙です、ということで、二人は感激して、それぞれの引出物をふところにして別れた、というのです。

これは全く馬鹿馬鹿しい話で、この話を伝えています平安時代末期の歌論書である『袋草紙』も、さすがに「今の世の人、をこと称すべきか」(現代人は馬鹿馬鹿しいことだというだろうか)と書き添えています。この話は、事実とも思われませんので、やはり作り話であろうと思いますが、こういうエピソードの主人公になるような、一風変ったものずきな性格が能因という人物にあったことは、事実であろうと思います。

あるいは、能因がその鉋屑を錦の袋に入れて頸にかけて大切にしていて、時の天皇から召されたけれども、惜しんでさし出さなかったために、夜に勅使が出かけて奪い取ったので、足ずりをして悲しんだとも伝えられています。これも、作り話だと思われますが、このことをしるしている鎌倉時代の歌論書である『愚秘抄』は「優にぞ覚え侍る。これさながら道を重くする故なり」と、能因の歌に熱中する様子を讃えています。能因という人間は、歌に熱心であるという作り話の主人公とするのにふさわしい人物だったことがわかります。

また、こういうエピソードも伝えられています。

能因は、讃岐の前司《ぜんじ》兼房という人の車のうしろに乗せてもらって、あるところへ出かけていく途中、二条東洞院《ひがしのとういん》のところで、急に車からおりて、数百メートルほど歩いていったというのです。兼房がおどろいてそのわけを尋ねますと、能因は、「ここは『古今集』の有名な歌人の伊勢が住んでいた家の跡の前ではありませんか。その庭には、子《ね》の日の小松の先を結んで植えた松の今は大きくなっているのが見えます。その有名な結び松の前を、どうして車に乗ったままで過ぎたりできましょうか」といい、その松の梢が見えた時に車からおり、梢が見えなくなるまで歩いたというのです。この話も現代の多くの人にはやはり馬鹿馬鹿しい話かもしれません。しかし、この方は、事実あったことのように思われ、能因の人間像をあざやかに浮きあがらせています。

能因の歌ずきということは、当時、有名なことだったのでしょう。歌に熱中するあまり、世間の常識人から見ると、馬鹿馬鹿しいようなことも、能因は時にしたものと想像されるのです。それが「至れるすきもの」と評された能因の姿だったのです。

あるいはまた、彼は、歌をいう時にはうがいをした後にいい、本を読む時にはその前に手を洗ったとも伝えられています。こういう話にも、能因の歌を大切にする姿が出ています。

そういう能因は、人に、「好き給へ。好きぬれば秀歌は詠むぞ」というようにいっていたとも、『袋草紙』は伝えています。これは事実、そういうことをいっていたものでしょう。

「好く」ということばは、現在では、この語がもともと有していた毒を失ってしまって、ごく普通の意味での「嫌い」の反対の「好く」という意味になりました。しかし、本来は、常識人はそれほど熱中できないようなもの事に熱中するという意味を有しています。歌というものは、当時の社会でたいへん尊重されてはいましたが、やはり度を過ごして熱中するということは、常識人から見れば「好く」という行為であったことがわかります。その歌に常識を超えて熱中することを、歌詠む者の態度として能因は推賞し、そのようにすればいい歌が詠めるのだと思い、そのことを人にもいい、自らも実践していたのです。そういう能因の人間像や生活から、先にあげたようなエピソードも生まれたのだといえましょう。

芸術家というものは、本質的にはたしかに「すきもの」なのであって、このことは、平安時代の昔も現代も変らないことだと思います。もっとも、能因は、そのなかでもとくに一風変っていたのだとも思われますが、芸術家の本質的なそうした性格が目立ち始めた時期、あるいは、それほど目立つ「すきもの」という性格を有していなければ、芸術家であることも、いい歌を詠むことも、困難になり始めた時期、それが能因の生きた平安時代も後期に入りかけた時代であったと思われます。

そういう時代に、能因は現われた歌人なのです。彼には、その後の多くの歌人が、程度の差こそあれ、背負わねばならなかった、反社会的な痛みを、先駆者的に背負っているところがあります。

能因は、藤原長能《ながとう》を師としたと伝えられ、これは、和歌における師弟関係の始まりであるという意味のことが、『袋草紙』に書かれています。作歌の骨法というものが教授され継承されていくということが始まり、また、そうしなければすぐれた歌が詠みにくくなった時代が来たわけで、そういう意味でも、能因は、和歌史上の一つの転機に現われた歌人であったといえます。

能因は、『万葉集』の歌人である橘諸兄《もろえ》より十代の孫として、永延二年（九八八）に生まれました。俗名は橘永愷《ながやす》、若い時は文章生《もんじょうのしょう》として学問に励みましたが、二十歳代の半ばごろに出家しています。出家の直接の原因は恋人の死であったようです。

出家後の能因は、摂津の古曽部《こそべ》（現在、高槻市）や、児屋《こや》（現座、伊丹市）に主として住み、亡くなった年はわかっていませんが、高槻市古曽部の地には能因塚が残っています。

みちのくへの二度の旅のほかに、甲斐・遠江・美濃・伊予・美作・熊野等、当時の歌人としておどろくべき広範囲にわたって、旅しています。伊予へ出かけた時には、その地ではたまたま三、四か月も雨が降らずにいた時で、大騒ぎになっていましたが、能因が、

天《あま》の川苗代水《なはしろみづ》にせきくだせあまくだります神ならば神

という歌を詠んで神に祈ったところ、大雨が降ったと伝えられています。歌によって神を感動させるという話の主人公に、能因もなっているわけです。

能因は出家したといっても、僧としての生活に徹した様子はうかがわれませんので、彼の生活は、「すきもの」として歌に熱中するところに、その本領があったと見られます。

彼には『能因歌枕』という著書があります。この本は、歌ことばの注釈をした部分と、国々の名所や、日々の歌の題を列挙するという内容を持った本で、「歌枕」ということばは、

もともとはこのように広い意味を有していたようです。しかしともかく、この書のなかに、今日いう意味での歌枕、つまり歌の題材として詠まれた名所という意味での歌枕が、たくさんあげられているところは注目されます。歌に熱中するあまり、長柄の橋の鉋屑まで大切にしていたというような作り話が出来あがった能因は、そういう歌枕への憧れを深く有していたにちがいありません。そして、その歌枕を実地に見たいということを強く念願し、事実、遠くにまで旅に出かけていったのです。

山里の春の夕暮きてみれば入相《いりあひ》の鐘に花ぞ散りける

この歌は、『新古今集』（「春歌」）に載っていて有名です。現代のわれわれには、入相の鐘の音につれて桜の花が散るというところは、舞台の上での風景のようにいささか即《つ》きすぎていて類型的な感じがしますが、こうした今日では類型的というべき感じ方の原型といってもいい一首で、芭蕉の「入相の鐘もきこえず春の暮」という句も、明らかに能因の歌を踏まえています。

この歌は、空想の歌では決してありません。能因は、あるとき、山里に出かけ、折からその山寺で撞《つ》いている夕暮時の鐘の音を聞きながら、夕暮の光のなかで声もなく散っていく桜の花びらを見たのです。その時のいささか哀愁を帯びたしずかな心が伝わってくる歌で、絵画的な美しさと、また、しっとりとした情趣とを持っています。この王朝的な情趣の世界は、「すきもの」の能因が求めていた世界であったといえましょう。

高重久美（たかしげ・くみ）
＊1943年愛媛県生。
＊お茶の水女子大学卒業・大阪市立大学大学院修了、博士（文学）。
＊現在　大阪市立大学文学研究科都市文化研究センター研究員。
＊主要著書
『後拾遺和歌集新釈』上巻・下巻（共著・笠間書院）
『和歌六人党とその時代―後朱雀朝歌会を軸として―』（和泉書院）
「本塩竈町（河原院）」京都地名研究会編『京都の地名検証３』（勉誠出版）

能《のう》因《いん》　　コレクション日本歌人選　045

2012年10月31日　初版第１刷発行

著者　高重久美
監修　和歌文学会

装幀　芦澤泰偉
発行者　池田つや子
発行所　有限会社　笠間書院
東京都千代田区猿楽町2-2-3［〒101-0064］
NDC分類 911.08　電話 03-3295-1331　FAX 03-3294-0996

ISBN978-4-305-70645-4
印刷／製本：シナノ
乱丁・落丁本はお取り替えいたします。　（本文用紙：中性紙使用）
出版目録は上記住所または info@kasamashoin.co.jp まで。

コレクション日本歌人選 第Ⅰ期〜第Ⅲ期

*印は既刊。 ★印は次回配本。

第Ⅰ期 20冊 （2011年（平23）2月配本開始）

No.	書名	よみ	著者
1	柿本人麻呂*	かきのもとのひとまろ	高松寿夫
2	山上憶良*	やまのうえのおくら	辰巳正明
3	小野小町*	おののこまち	大塚英子
4	在原業平*	ありわらのなりひら	中野方子
5	紀貫之*	きのつらゆき	田中登
6	和泉式部*	いずみしきぶ	高木和子
7	清少納言*	せいしょうなごん	圷美奈子
8	源氏物語の和歌*	げんじものがたりのわか	高野晴代
9	相模	さがみ	武田早苗
10	式子内親王*	しょくしないしんのう（しきしないしんのう）	平井啓子
11	藤原定家*	ふじわらていか（さだいえ）	村尾誠一
12	伏見院*	ふしみいん	阿尾あすか
13	兼好法師*	けんこうほうし	丸山陽子
14	戦国武将の歌*		綿抜豊昭
15	良寛	りょうかん	佐々木隆
16	香川景樹	かがわかげき	岡本聡
17	北原白秋*	きたはらはくしゅう	國生雅子
18	斎藤茂吉*	さいとうもきち	小倉真理子
19	塚本邦雄*	つかもとくにお	島内景二
20	辞世の歌*		松村雄二

第Ⅱ期 20冊 （2011年（平23）10月配本開始）

No.	書名	よみ	著者
21	額田王と初期万葉歌人*	ぬかたのおおきみとしょきまんようかじん	梶川信行
22	東歌・防人歌*	あずまうた・さきもりうた	近藤信義
23	伊勢*	いせ	中嶋輝賢
24	忠岑と躬恒*	みぶのただみねとおおしこうちのみつね	青木太朗
25	今様*	いまよう	植木朝子
26	飛鳥井雅経と藤原秀能	あすかいまさつねとふじわらのひでよし	稲葉美樹
27	藤原良経*	ふじわらのよしつね（りょうけい）	小山順子
28	後鳥羽院*	ごとばいん	吉野朋美
29	二条為氏と為世*	にじょうためうじとためよ	日比野浩信
30	永福門院*	えいふくもんいん（ようふくもんのいん）	小林守
31	頓阿	とんな（とんあ）	小林大輔
32	松永貞徳と烏丸光広	まつながていとくとからすまるみつひろ	高梨素子
33	細川幽斎*	ほそかわゆうさい	加藤弓枝
34	芭蕉	ばしょう	伊藤善隆
35	石川啄木*	いしかわたくぼく	河野有時
36	正岡子規*	まさおかしき	矢羽勝幸
37	漱石の俳句・漢詩*		神山睦美
38	若山牧水*	わかやまぼくすい	見尾久美恵
39	与謝野晶子*	よさのあきこ	入江春行
40	寺山修司*	てらやましゅうじ	葉名尻竜一

第Ⅲ期 20冊 （2012年（平24）6月配本開始）

No.	書名	よみ	著者
41	大伴旅人*	おおとものたびと	中嶋真也
42	大伴家持*	おおとものやかもち	小野寛
43	菅原道真*	すがわらのみちざね	佐藤信一
44	紫式部*	むらさきしきぶ	植田恭代
45	能因	のういん	高重久美
46	源俊頼*	みなもとのとしより（しゅんらい）	高野瀬恵子
47	源平の武将歌人*		上宇都ゆりほ
48	西行*	さいぎょう	橋本美香
49	鴨長明と寂蓮	ちょうめいとじゃくれん	小林一彦
50	俊成卿女と宮内卿	しゅんぜいきょうにょとくないきょう	近藤香
51	源実朝*	みなもとのさねとも	三木麻子
52	藤原為家*	ふじわらのためいえ	佐藤恒雄
53	京極為兼*	きょうごくためかね	石澤一志
54	正徹と心敬*	しょうてつとしんけい	伊藤伸江
55	三条西実隆*	さんじょうにしさねたか	豊田恵子
56	おもろさうし*		島村幸一
57	木下長嘯子	きのしたちょうしょうし	大内瑞恵
58	本居宣長*	もとおりのりなが	山下久夫
59	僧侶の歌*	そうりょのうた	小池一行
60	アイヌ神謡 ユーカラ		篠原昌彦

『コレクション日本歌人選』編集委員（和歌文学会）
松村雄二（代表）・田中 登・稲田利徳・小池一行・長崎 健